DREAMBOOKS

DREAMBOOKS

DREAMBOOKS

DREAMBOOKS

불뺄 화염포식자

8

이루다 현대판타지 장편소설

불빨 - 화염포식자 8

초판 1쇄 인쇄 2016년 11월 24일
초판 1쇄 발행 2016년 12월 5일

지은이 이루다
발행인 오영배
기획 박성인
책임편집 이신옥
일러스트 최단비
표지·본문 디자인 권지연
제작 조하늬

펴낸곳 (주)삼양출판사·드림북스
주소 서울시 강북구 도봉로 173
대표 전화 02-980-2112 **팩스** 02-983-0660
편집부 전화 02-980-2116 **팩스** 02-983-8201
출판등록 1999년 3월 11일 제9-00046호

ⓒ 이루다, 2016

ISBN 979-11-313-0682-6 (04810) / 979-11-313-0589-8 (세트)

+ (주)삼양출판사·드림북스의 서면 허락 없이는 어떠한 형태나 수단으로도 이 책의 내용을 이용하지 못합니다.
+ 지은이와 협의하에 인지는 생략합니다. 잘못된 책은 구입한 곳에서 바꾸어 드립니다.
+ 이 도서의 국립중앙도서관 출판시도서목록(CIP)은 서지정보유통지원시스템홈페이지(http://seoji.nl.go.kr)와
  국가자료공동목록시스템(http://www.nl.go.kr/kolisnet)에서 이용하실 수 있습니다. **(CIP제어번호: 2016028213)**

드림북스는 (주)삼양출판사의 판타지·무협 문학 브랜드입니다.

화염포식자

불빨

8

이루다 현대판타지 장편소설

MODERN FANTASY STORY & ADVENTURE

dream books
드림북스

목차

Chapter 1. 북치고 박치기	007
Chapter 2. 충만하라! 아재력!	035
Chapter 3. 한 방의 힘	063
Chapter 4. 따뜻한 하루	089
Chapter 5. 아재력을 위하여	117
Chapter 6. 당신이 대체 왜!	143
Chapter 7. 모으자. 어서	171
Chapter 8. 구원(救援)? 구원(求願)	197
Chapter 9. 드러난 삼 할	225
Chapter 10. 동물의 왕국?	251
Chapter 11. 위로. 또 위로!	279
Chapter 12. 한가로움?	307
Chapter 13. 연합공격?	335

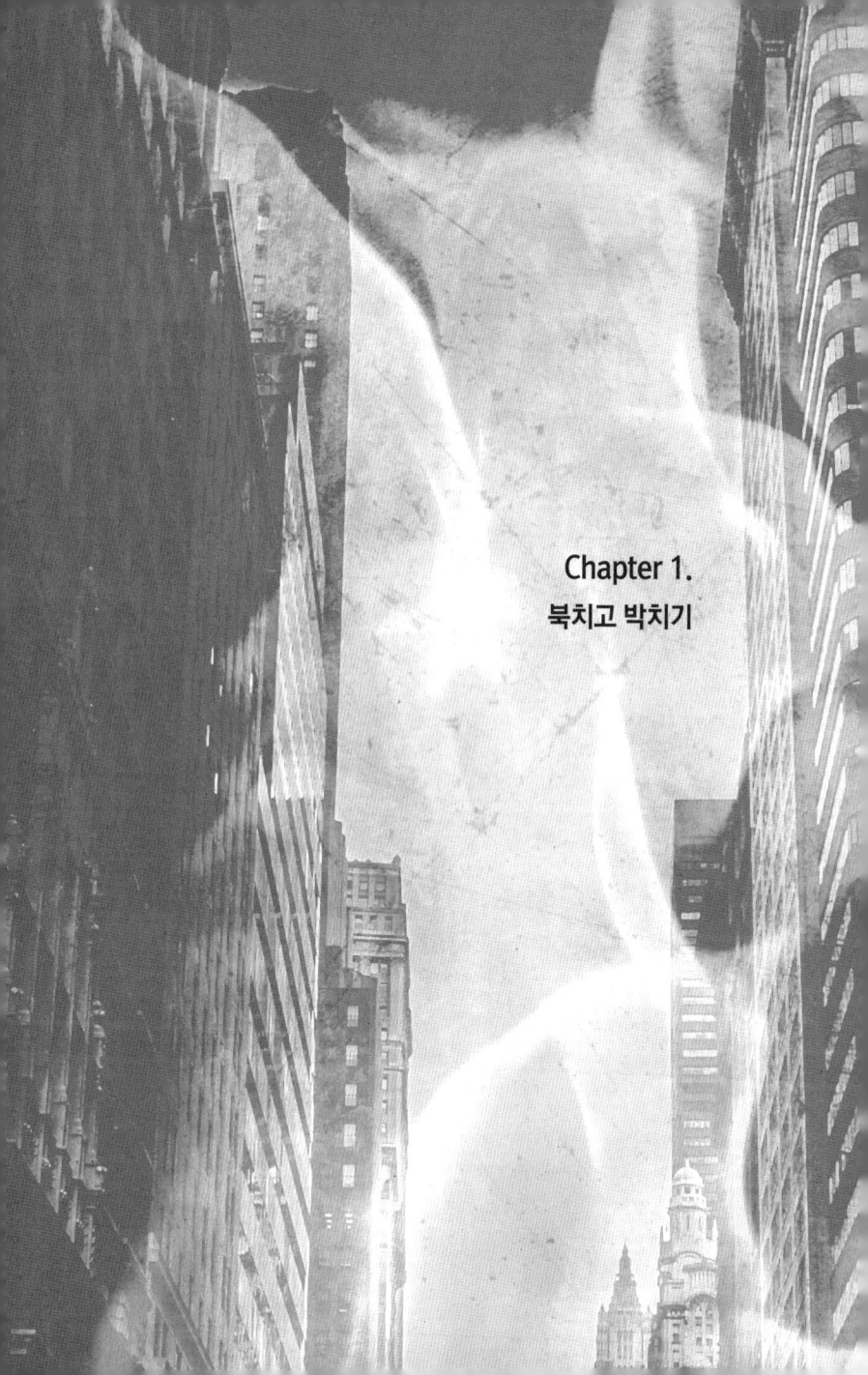

Chapter 1.
북치고 박치기

 갑작스럽게 튀어나온 자는 시퍼런 검을 들고 있었다.

 이준혁과는 다른 방식으로 검을 사용하는 듯 검에 맺혀 있는 빛 자체가 달랐다.

 그에게 내 몸이 점점 가까워져 갔다. 망설임 따위는 없었다. 그저 이준혁을 구하겠다는 생각뿐.

 가까이 갈수록 그 형체가 자세히 보였다.

 '일본도?'

 반짝이는 검이 꽤나 날카로워 보이기는 했다.

 복식도 굉장히 신기했다.

 닌자? 사무라이?

알 게 뭐야.

저것들은 살펴보면 제대로 된 놈이 하나도 없다.

지금 뒤로 기습하는 것만 해도 그렇지 않나.

'치사한 새끼들.'

처음 불단검을 만들 때 살짝 공부를 했는데 말이지.

그들이 그리 숭상하는 일본도라는 것도 실상은 전국시대 주 무기가 아니란 말도 있다. 그들이 말하는 명검이라는 것의 질도 생각 이하.

그럼에도 일본도 일본도 하는 건 열심히 좋게 선전을 해댄 덕이지. 실상 지금에 와서야 그런 게 무슨 상관이랴마는.

'웃기는 노릇.'

그들이야 자기들 나라 거니 자부심 갖든 말든 상관은 없다. 지 나라인데 그럴 수 있지.

하지만 여기에까지 와서!

"설치지 말라고!"

머리로 폭발을 그린다.

파앙—

몸 뒤편으로 이어진 폭발. 공기를 가른다. 몸이 더 빨라진다.

상대의 당황스러워하는 눈이 보인다. 눈이 커진다.

후우우우웅—

그에게 검을 사선으로 긋는다.

준혁을 노리던 몸을 돌려, 내게 온다. 자기부터 살고 봐야 하는 거겠지.

"끼옷!"

준혁이 그런 우리를 흘끗 본다. 감사하다는 눈짓을 하고는 그대로 저크를 상대한다. 공방을 이어갈 뿐이었다.

되려 공방이 시작된 쪽은 내 쪽.

"끼요! 끼요오오오옷!"

무슨 괴성을 이리도 내지르는 건지!

기습을 하다 실패한 주제에 당당하게 검을 지르고 또 지른다.

캉! 캉! 캉!

'그래도 빨라.'

지독한 쾌검이었다. 속도가 엄청났다.

타아앙— 타앙—

검과 검이 마주하면 다시 검을 뒤로 빼서 내지르고를 반복한다.

한 수.

단 한 수만이라도 내게 상처를 입히면 자신이 다 이긴다는 듯이!

'뭔가 있어.'

분명 한 수만 내게 먹히면 터지는 기술이 뭔가 있을 거다.

그러니 죽을 둥 살 둥 방어를 도외시한 채로 공격 일변도를 날리겠지.

나는 한쪽 입꼬리를 올리며 피식 웃었다.

"크흐, 제법이네?"

"칙쇼!"

뭐래. 한국어는 알아듣는 거 같은데, 어디서 일본 욕을 날려. 하여간 반응은 날아오는군.

'기회를 보자.'

계속해서 뒤로 밀린다. 아니, 밀려줬다.

적이 일수에 뭔가를 노린다면 이쪽은 차분히 적을 제압하기 위한 방편이었다.

"사형!"

"씁……."

어느새 뒤에서 들려오는 건 이준혁의 목소리.

잠시지만, 그와 가까워졌다.

'이걸 노렸나.'

저 사무라인지 뭔지 하는 놈이 이걸 유도했나 싶기도 하다.

내가 물러나면 이준혁의 싸울 공간이 부족해질 수 있는 걸 노리는 걸지도? 하여간 얍삽하다.

저크를 상대하면서 공간을 확보해야 하는 이준혁으로서는 꽤나 치명적일 수 있는 일!

그렇다고 이쪽도 당해 줄 수는 없지.

얕은 수에는 역시.

"이쪽도 크게 한 방 간다."

"……예."

이준혁이 몸을 날리는 게 느껴진다. 그사이 나는 기운을 모은다.

'큰 한 방이 좋지!'

고오오오—

단전에 담겨 있는 불의 기운을 잔뜩 일으켰다.

처음 튀어나갈 때부터 온몸을 불태우고 있던, 불의 기운이 순식간에 검에 빨려 들어간다.

그 상태 그대로 튀어나오는 불의 검은 검이 아닌 둔기라도 되는 듯 무식하게 두꺼워진다.

"……!"

"새꺄, 이거나 먹어라!!"

부우웅—

단순한 휘두름. 하지만 내 정신은 계속해서 이미지를 그려 갔다.

불이 튀어나가라고!

검에 머무르지만 말고 튀어나가 저것을 화염에 휩싸라 명했다.

더 빠르게! 놈이 도망가기 전에! 어서!

'이런.'

머리에 그려졌던 이미지가 이거였나.

―키야아아아!

왠지 환청이 들리는 느낌이었다.

검에서 쏘아진 불꽃이 새의 형상을 갖췄다.

순식간에 날아오른다!

어디선가 보았던 이미지와 같은 새가 형상을 유지한 채로 눈앞의 얍삽한 놈을 향해 쏘아진다.

"칙쇼오오오오!"

할 줄 아는 말이라곤 끼욧과 칙쇼밖에 없는 저능아인가.

특이한 보법을 이용해 뒤로 빠지더니, 이대로는 안 된다 여긴 듯하다.

멈춰 서서는 검을 위로 곧게 뻗는다.

"끼요오오오!"

그리곤 그 상태 그대로 아래로 검을 길게 내지르는 놈!

'그걸 베겠다고?'

내가 날린 새의 형상에 놈의 검이 작렬한다.

불꽃에 반항이라도 하는 듯 파란 빛이 놈의 검에 여전히 맺혀져 있었다.

저거 미친놈 아닌가!

카즈즈즈즈즈즉—

분명 기운과 기운이 부딪치는데, 긴 쇳소리가 난다.

한쪽은 태워버릴 듯 놈을 향해서 계속해서 쏘아져 나아가고, 다른 한쪽은 검을 내리치며 막을 뿐이었다.

일생일대의 적이라도 만난 듯 일념(一念)을 다할 뿐이다.

'바본가.'

뒤에서 기습을 한 주제에. 저리도 멍청한 짓을 하다니.

무슨 만화도 아니고 현실적으로 생각을 해야지.

놈이 내가 날린 주작, 아니 새와 부딪치면 나는 놀고 있나!

나는 기술 한 번 쓴다고 지치거나 하지는 않는다고!

재빨리 몸을 날렸다.

놈의 눈이 다시 커진다. 내가 달려들어 올 줄은 꿈에도 생각지도 못한 눈치다.

"오마에!?"

"죽어라. 병신."

콰아아악!

놈의 왼팔에 검을 날렸다.

놈은 재빨리 반응하려 했지만 앞에 날아간 새를 막아야 하니 내뺄 수도 없는 눈치였다.

'고로 방어를 할 수 없다는 거지.'

투우우욱—

"끄아아아아!"

내 검에 그대로 베어져 검을 쥐고 있던 놈의 왼팔이 툭하고 떨어진다.

그거면 충분했다.

불새, 아니 화염의 기운과 나의 콤비네이션!

그 한 방의 휘두름으로 인해서 승패는 갈렸다.

양팔로 휘두르고도 겨우 대치를 하던 불새의 기운을 이겨내지 못하고 그대로 뒤로 밀려난다.

그리곤 이내.

"크아아아악!"

불의 기운이 놈의 가슴에 작렬한다.

불의 기운이 놈의 옷을 태우고도 모자라 순식간에 온몸을 휘감는다.

그리곤 동시에 놈의 검이 얄미웠다는 듯 검에 맺혀 있던 파란 기운을 잡아먹고는, 더욱 커진다.

'포식이지.'

파란 기운을 연료 삼아 더욱 크게 타기 시작하는 불의 기운!

"크아아아! 크아!"

고통스러워하며 몸을 덜덜 떠는 걸 보아하니, 당장 회생 불능이었다.

'죽이진 않아도.'

일단은 더 고통을 느끼라는 생각으로, 놈을 태우는 불의 기운을 천천히 내게로 빨아들여 갔다.

아주 천천히.

덕분에 죽지도 살지도 못한 채로 고통에 힘겨워하는 얍 삽한 놈이었다.

"음!?"

쿠우웅―

그때 뒤에서도 급작스레 큰 소리가 났다.

뒤를 돌아보니 대단한 광경이 기다린다.

저크의 몸에 올라타서는, 심장에 꽂아 놓았던 검을 빼내고 있는 이준혁이 보였다.

친구를 죽인 이에게 복수를 해서일까.

무언가 시원해 보이는 얼굴을 하고 있었다. 하나의 한을 해결해 낸 그런 눈빛이었다.

그런 그를 향해 이소정, 이유정 자매가 달려간다.

'꽃밭이로고.'

그래도 이쪽도.

"기환 씨!"

한 떨기 꽃은 달려와 주고 있잖아?

* * *

잠시의 소강상태.

고통에 겨워하던 —어쩐지 무사라고 표현하기는 싫은— 얍삽한 놈을 제외하고는 모든 적이 죽었다.

폭발에 휩싸인 자도 있겠지만 이준혁과 저 자매에게 죽은 자가 다수다.

잠시 자매에게 무언가 말을 건네던 이준혁은 저크를 수습하게 하고서는 내게 다가왔다.

오른손에는 여전히 피가 뚝뚝 떨어지고 있는 검을 그대로 쥐고 있는 채였다.

'뻔한데.'

자기 가치관에 따라서는 한없이 무지막지해지는 이준혁 아닌가.

저리 검도 안 집어넣고 오는 건 한 가지 의미밖에는 없다.

'확실하게 죽인다.'

라는 거겠지.

이서영의 치료 덕에 겨우 숨만 쉬고 있는 놈의 목숨을 끊으려는 거다.

"음?"

"어이, 어이."

나는 재빨리 검을 휘두르려는 이준혁의 팔을 잡아챘다.

"사형, 이건 미리 약속된 일 아닙니까. 제 손만 더럽히면 됩니다."

"그런 단계는 이미 지났다고. 나도 이미 더럽혔을지 모르지."

나는 손으로 건물의 잔해를 가리켰다.

"저길 보라고."

"아……."

이능력자들이니 쉽게 죽을 거라는 생각이 안 들어 일으킨 폭발이었다.

남은 잔해는 그 흔적.

막상 이능력을 이용한 폭탄을 써 보니 폭발이 너무 강했었다. 어디서 구해 온 건지 몰라도 미친 위력이었달까.

그 폭발 안에서 사람 하나를 죽이지 않았다고 장담은 할 수가 없다.

폭발에 휘말려 죽은 사람이 분명 있을 수도 있다. 그러니 내 손으로 직접 찔러 죽인 건 아니더라도, 나도 모르는 새 사람을 죽였을 수도 있다.

그게 진실.

이준혁도 그걸 아는지 굳은 표정으로 고개를 끄덕인다.

얼핏 죄책감도 보인다. 자신의 일에 내가 손을 더럽히게 한 것에 대한 죄책감이겠지.

"……죄송합니다."

"사과 듣자고 하는 이야기가 아냐. 뭐, 언제고 네가 저놈을 죽여도 할 말은 없겠지."

"다른 생각이 있으신 겁니까?"

짜식. 자신을 위해 나서준 사형이라고 그래도 대우를 좀 해주는 눈치다.

'좋은 표정이로고.'

왠지 뿌듯함을 느끼며 말을 이어나갔다.

"우선 알아낼 건 알아내야 하지 않겠어? 죽일 때 죽이더라도."

"……설마 고문이라도."

하여간에 사제 놈 성격도 특이하다.

무슨 무협 영화에 나오는 정의로운 무사도 아니고, 사람을 잘도 베어버리는 주제에 정보를 뜯어내기 위한 고문 같은 덴 또 생리적 거부감을 나타내다니.

'가치관이 조금은 변질된 느낌인데.'

하기는 서울보다도 더한 수라장 같은 부산에서 버텨내고 살려면, 가치관이 조금 왜곡되는 것은 어쩔 수 없을지도.

나는 그런 사제에 맞춰 어쩔 수 없이 어깨를 으쓱하며 답을 해줄 뿐이었다.

"그거까지는 나도 잘 모르겠고. 그런 건 정우혁 군에게 부탁하도록 하자고."

그때 어디선가 정우혁이 어깨의 먼지를 털며 건들건들 걸어왔다.

"휘유, 저도 그렇게 나쁜 놈 아닌데요?"

"어쩔 수 없잖아요?"

"쳇, 아까처럼 반말이나 하시죠. 뭐 어떻게든 해 줄 테니까."

짐짓 서운한 듯 말하면서도, 얍삽한 놈을 어깨에 둘러메는 정우혁이었다. 그러면 어떻게든 정보를 얻어올 게 분명했다.

'저크는 분명 예상 이상의 전력이랬지.'

이곳에 있지 말아야 할 놈들이 있었다.

그러니 어딘가 전력이 빈 곳은 충분히 있을 거다. 그것만 정우혁이 알아낸다면.

"자자, 우리는 돌아가서 빈집 털이나 준비하자고?"
"……여전히 얍삽하십니다. 사형."
"별로. 흐흐."
이쪽이 뒤를 칠 수 있을 거다.

* * *

고통 어린 고함 소리가 들려온다.
"크아아아악! 칙쇼! 차라리 죽여!"
역시 한국말 할 줄 아네.
안에 아무도 들이지 말라고 한 정우혁이 들어간 막사 안에서 나는 소리였다.
"와……."
"대체 뭔 짓을 하는 거래."
막사로 안과 밖이 나눠져 있다지만, 그래 봐야 천막이 좀 두껍게 쳐져 있을 뿐이었다.
방음 따위가 될 리가 없지 않나.
와즉—!
부르르르— 온몸이 떨려온다.
이해 못 할 소리들이 좀 들려오는데, 괜히 상상만 해도 오싹할 지경이다.

'하여간에…… 정우혁도 멀쩡한 건 아냐.'

가끔가다 하는 짓을 보면 평소 실실거리던 모습과는 전혀 다르달까.

사람 좋은 표정을 하고, 실제 좋은 일도 하고 다니면서도 이럴 때는 전혀 다른 사람 같은 느낌이다.

얼마의 시간이 지났을까.

"후우……."

잔뜩 피 칠갑을 하고서 한숨을 내쉬며 나오는 정우혁이었다.

피로해 보이기는 해도 한편으로 나쁜 표정은 아녔다.

내가 가장 먼저 다가가 물었다.

"어찌 됐어?"

"정보를 여럿 확보했습니다. 이거 참, 일이 좀 커지는 거 같은데요?"

"왜?"

"여기. 정확히 이곳을 근거지 중 하나로 삼으려고 한 거 같습니다. 이 주변에 있는 마을들도 포함해서요. ……준혁아, 일단 힘 빼."

준혁이 살기를 일으켰다. 애써 자리를 잡은 이곳을 다시 빼앗으려 한다는 것에 분노한 거겠지.

이해는 간다.

하지만 주변 사람들이 움찔할 정도로 살기를 흘려서야 되겠는가.

"사제, 주변 생각하라고."

"후……."

그제서야 살기를 죽이는 준혁이었다.

"그러니까 이게 어떻게 된 거냐면 말입니다."

그가 심호흡을 하고 살기를 죽이고 나서야, 설명을 들을 수 있었다.

"더럽네."

"그런 거죠. 있는 놈들이 하여간에 더해요."

칙쇼의 이야기를 간단히 말하자면, 그들 조직이 보기에 준혁이가 자리 잡은 이곳이 꽤 괜찮게 보였단다.

애써 준혁이가 선두로 나서서 꾸며놓으니 그들의 눈에 괜찮게 보인 걸까.

실상 준혁이가 만든 곳 말고도 몇 곳에 이미 그런 곳이 생기기도 했단다.

준혁이가 하니까 가능성을 본 건지는 모르겠다.

하여간 준혁 말고도 수라장과 같은 부산에서 빠져나와 북부에서 새로운 터를 잡으려는 시도가 꽤 있었단다.

그게 슬슬 자리 잡기 시작하니까, 눈독을 들이기 시작한 거다.

애써 개척한 걸 뺏는 느낌이랄까.

'무슨 중세시대도 아니고…….'

오래전에는 가혹한 세금에 못 이겨, 화전민이 되고 마을을 세우면 그걸 다시 뺏거나 복속시켰다는 이야기도 있지 않았나.

그 꼴이 지금 딱 현재의 부산에서 일어나고 있었다.

저크인지 조커인지 하는 놈도 그런 이유로 이곳에 왔단다.

저쪽 조직에서 꽤 이름이 난 놈인데 우선 자리를 잡아야 하니 투입이 된 거라나?

하여간에 더 저들이 집중을 해서 이곳을 공격하기 전에 막아야 할 필요가 있었다.

작은 고추, 아니 작은 하마가 무서운 걸 보여 줘야 했다.

이쪽을 건드리면 제대로 X 되는 걸 알려줘야 하는 거지.

이대로 있어 봐야 당하는 거밖에 되지 않는다.

'아주 제대로 걸렸어.'

잠깐 도와주면 될 줄을 알았는데, 수렁에 반쯤 발을 디딘 느낌이다.

그렇다고 사제를 두고 갈 수도 없으니.

"방법은?"

어떻게든 최대한 빠르게 해결할 방법을 찾을 수밖에 없

다.

"우선은 흩어진 곳들을 규합하고, 그 사이 시간 벌이로 놈들의 것들을 파괴해야겠죠?"

"말은 쉽군."

"크큿, 본래 말은 쉬운 거죠. 실천할 때는 어렵고요."

흩어져 있는 자들을 모으는 게 쉬울 리가 없다.

그걸 하려면, 꽤 공을 들여야 할지도 몰랐다.

거기다 오늘 파괴한 곳 말고도 몇 곳의 숨겨진 근거지들도 더 있다고 하니, 그것들도 파괴하려면 꽤 큰일이 될 거다.

그래도 하기는 해야 한다.

시간을 벌어야 하니까. 저들이 감히 이쪽을 건드려서야 피해만 크다는 걸 알려야 하니까.

'어느 하나 쉬운 게 없군.'

사람을 모으고, 다른 한쪽을 파괴하는 거.

그게 쉬웠더라면 누구나 할 수 있는 일이 될 거다.

"최대한 빨리 끝내보자고. 이쪽도 올라가서는 할 일이 꽤 되거든."

"이곳에서 쓴 시간만큼 보상을 드리도록 하겠습니다."

"돈이 중요한 게 아닌 걸 알잖아?"

정우혁이 보상을 해 주겠다 하지만, 이제 와서 돈만 중요한 건 아니다.

"하핫, 과연 그럴까요? 덩치를 키우시다 보면 상상 이상으로 들 겁니다. 그리고 꼭 돈만 도움을 줄 수 있는 건 아니죠."

"그런가."

그의 눈이 예리하게 빛난다.

짐승의 눈, 아니 사냥꾼의 눈이었다.

힘이 약한 자가 자신보다 강한 자를 죽일 때 할 수 있는 그런 눈이었다.

어쩌면 정우혁뿐만 아니라, 우리 모두가 그런 눈을 하고 있을지도 모르겠다.

* * *

상황이 이러니 빠르게 움직일 수밖에 없었다.

공격대원들은 마을의 수비를 맡아야 하는 점에 불만을 표하긴 했다. 하지만 상황을 들어보니 마음껏 날뛸 상황도 아닌지라 우선은 다시 수긍.

이번에는 이소정, 이유정 자매도 빠진 상태였다.

그들이 움직이기에도 위험했으니까. 그러니 우리 쪽에서도 수긍이 빨랐을지도 몰랐다.

'그럴 만하니까.'

대신 정예나 다름없는 우리 셋과 이서영이 미친 듯이 움직일 수밖에 없었다.

"오늘은 그럼 따로 움직입시다!"

"오케이!"

오늘 나와 이서영에게 주어진 건 근거지 몬스터 사살.

전장을 그리기 위해서는 몬스터들의 수를 줄여 놓을 필요가 있어서였다.

"갈까요?"

"예!"

오랜만이라는 느낌이 들었는지 이서영이 환한 미소를 짓는다.

오래전 해구마를 잡을 때나 매일같이 둘이서 사냥을 하지 않았나. 그때야 참 오붓하게 사냥을 하는 맛이 있었지.

하지만 지금은 매일같이, 함께 다니는 공격대가 있으니 그것도 무리였다.

그러다 오랜만에 둘이 하는 사냥이니, 상황이 상황인데도 왠지 설레는 것까지는 어쩔 수 없었다.

한적한 길.

그 길을 산책하듯 걷자 몬스터들이 하나둘 튀어나오기 시작한다.

괴세트다.

놈들은 주변에 고여 있는 물을 마시면서 광합성이라도 하는지 몸이 축하고 늘어져 있는 상태였다.

어디 휴양지라도 나온 것 같은 나른함이 느껴진다.

'팔자도 좋네. 저것들.'

저것들은 이곳이 주 서식지인 건지 정말 질리지도 않게 나오는 느낌이었다.

"저기. 괴세트 나왔군요. 다섯이네요."

"어렵지는 않겠는데요?"

"최대한 빠르게 처리하는 게 관건이긴 하죠."

이쪽이 저들을 몰래 노리고 있듯, 저들도 우리 쪽을 몰래 노리고 있었다.

그러니 최대한 시선은 끌지 않아야 했다. 소리도 자제해야 했고.

전력을 다할 수 없다는 소리다.

"먼저 갈게요!"

"예. 바로 뒤따라갑니다."

어그로를 끌기 위해서 이서영이 가장 먼저 달려 나간다.

―키에에엑!

―키엑!

어그로가 끌렸는지 놈들만의 휴양(?)을 멈춘 채로 달려

들기 시작한다.

쒜에에엑—

매섭게 줄기를 날리기 시작하면서, 전투를 시작!

놈들로서는 최선을 다한 전투일 게다. 묘하게도 이쪽에서는 긴장감이 적었다.

괴세트 다섯에 위험을 느낄 수준은 지나서다.

되려 내가 걱정되는 쪽은.

'다들 잘하고 있으려나.'

내가 아닌 다른 자들, 이준혁과 정우혁이었다. 우습게도 현재로선 사냥을 맡은 내가 가장 쉬운 일을 하고 있는 셈이었다.

그 둘은 전혀 다른 일을 하고 있었으니까.

내 걱정 속에서도 그들은 열심히 움직이고 있을 것이 분명했다.

"기환 씨! 어서 와요!"

"바로 갑니다!"

우선은 내 일부터 해내야겠지.

* * *

풀숲을 가른다.

'……저기군.'

기감을 살리고 끊임없이 탐색을 하기 시작한다.

아무도 없다 느껴질 수 있는 상황이다.

보이는 거라곤 풀숲, 위로 뻗은 나무. 딱 그 정도의 풍경이었으니까.

기감을 살리지 않았더라면 아무리 그라고 하더라도 평소엔 그냥 스쳐 지나갔을 그런 곳이다.

주의를 한다면야 몬스터 정도나 주의를 하겠지.

허나 그로서는 지금 확실히 느끼고 있었다.

누군가 있다.

'……셋, 아니 넷이군.'

처음 느껴지던 건 셋. 하지만 후에 느껴지는 건 넷이었다.

지난번 저크를 상대하다 기습을 당하지 않았는가. 사형인 김기환이 없었더라면 죽을 수밖에 없는 상황이었다.

그때의 경험을 반추 삼아 기감을 집중하니 하나를 더 찾아냈다.

'더 방심할 수는 없지.'

이미 느꼈지만 실수할 수 없다는 생각에 몇 번이고 확인을 하는 그다.

그리고 확신을 얻었다.

적은 넷이다. 애써 쌓아가고 있는 자신의 터전을 뺏어가려고 하는 자들이다.

스웃—

차분히 몸을 숙이고, 기척을 죽이며 더 더 안으로 들어간다.

'탱커 하나, 딜러 둘. 힐러 하나.'

정석대로의 조합이다. 딜러 하나가 인기척이 희미한 건 그가 일본 쪽 이능력자이기 때문일 것이다.

이준혁의 머릿속에 누구부터 죽일지가 결정이 난다.

탓—

결정이 나자마자 그가 바로 몸을 날렸다.

망설임 따위는 없었다. 어느새 빼어든 검이 앞을 가리키고 있을 뿐이었다.

"큿……."

순식간.

파티의 치유를 책임지는 힐러 하나가 그대로 혀를 내빼고 죽어버린다.

'우선 하나.'

상대들이 미처 반응을 하기도 전에 다른 일본 헌터를 향해서 또다시 몸이 쏘아진다.

빠른 속도. 미처 대응하지도 못할 속도였다.

또한 저크와의 싸움 이후로 더욱 성장한 모습이기도 했다!

"저, 적…… 컥……."

딜러 하나가 또다시 심장이 꿰뚫린다.

순식간에 둘이 쓰러진다. 이준혁이 날 듯 다른 자들을 처리하기 시작한다.

'남은 건 둘.'

이준혁의 눈이 불타듯 타오른다.

그런 그를 바라보는 남은 두 명의 헌터는 무기를 고쳐 잡았으나, 긴장한 티가 역력했다.

"쳐!"

"우와악!"

지지 않겠다는 듯 달려드는 적들. 그들을 향해 검을 휘두르는 이준혁이 있었다.

그리고 바로 그 시간.

"으차, 여긴가."

특유의 미소 띤 표정을 잊지 않은 채로, 이방인의 영역에 모습을 드러내는 정우혁.

"정지!"

"누구냐!"

그런 그를 막아서는 자들이 있었다.

이준혁과 같은 처지로 부산을 벗어나 폐허 위에 새 터를 꾸리고 있던 자들이다. 이제부터는 협력을 해야 할 자들이기도 했다.

살아야 하니까.

"재밌는 이야기가 있습니다."

"무슨……."

"들어 볼 가치는 있을 겁니다. 이준혁이 보냈다 하면, 믿어 주시겠습니까?"

"……들어오게."

안으로 들어서는 정우혁의 미소가 더욱 짙어진다.

각자가, 자신이 할 수 있는 것을 위해 움직이고 있었다. 아주 빠르게.

그 안에서.

"어어엇?"

"왜요? 재미없습니까?! 이게 요즘 최신인데!"

재미있는 사람이 한둘 추가되는 건 우연이 아닌 필연일지도 몰랐다.

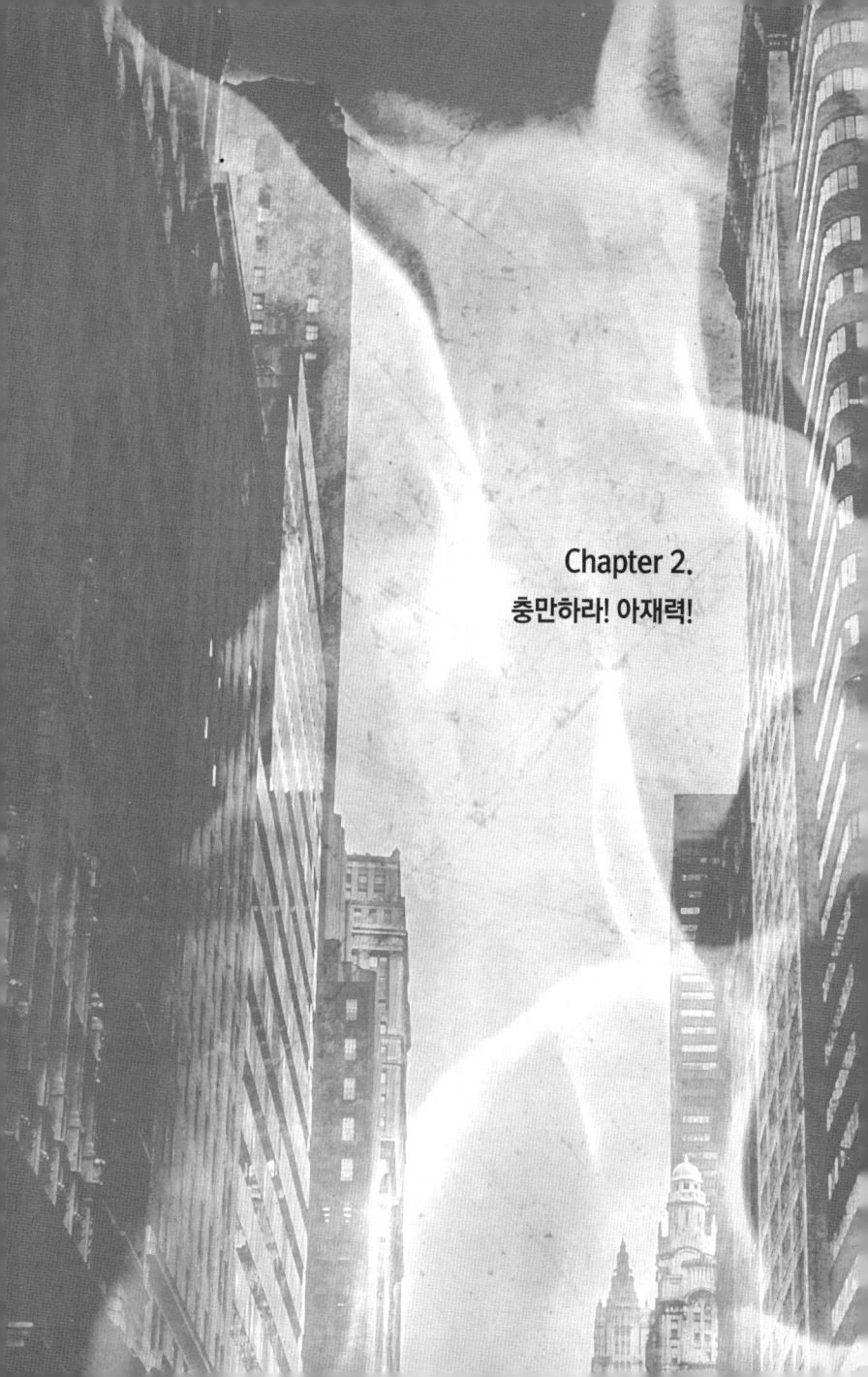

"하……."

"한숨이라니요!"

생긴 건 꽤 중후했다. 믿음직스럽달까.

척 봐도 외모가 믿음직스러운 사람이 있잖나.

지금 내 옆에서 함께 자리를 지키고 있는 신상철이 딱 그랬다.

'겉으로만 보면…… 분명 그렇지.'

더도 말고 덜도 말고 딱 외모대로만 행동해 주면 얼마나 좋을까.

겉으로는 누구보다 믿음직스러운 사내인데도, 하는 짓을

보면 전혀 아니다.

'외모와 딱 반대야.'

능력은 분명 대단한데, 아저씨들의 개그를 치는 아재력도 충만하다.

틈만 나면 개그를 치려는데, 중요한 건 무지막지 재미가 없다. 거기다.

"그러니까 우리가 지금 화장실 다녀온 사람들을 처리하러 가는 거 아닙니까? 하핫."

"……왜요."

대답을 안 하면 무한 반복이다.

시도를 할 때까지 무한 반복! 지치지도 않는 양반이다!

"맞춰 보셔야지요!"

"……볼 일본 사람?"

"으헤헤헤헤헤!!!"

왜 신나 하는 건데!?

"거의 정답에 왔네요! 오오! 그래도 땡입니다!"

"……뭔데요."

"일본 사람입니다! 일본 사람! 재밌지요? 킥. 그러니까 화장실을 가면 일을 보……."

거기다 가장 극도로 혐오스러운 건 개그를 설명한다는 거다! 망할!

내가 아재 개그는 다 참아준다 치자.

그런데 어디 개그를 설명하냐고! 그게 가장 최악 아니냐!

그리고 웃기를 원하다니.

내 주변에 작가가 있다면, 분명히 주변 사람 중에 똑같은 사람이 있을 거다.

욕하려고 글에 일부러 넣는 걸지도 모른다. 개고생시키려고!

이 되지도 않는 개그를 얼마나 들으면서 걸음을 옮겼을까.

"그러니까 이게요. 흐흐, 또 있습니다. 차를 발로 차면 뭔지 아십⋯⋯."

"아아. 그만. 도착했잖아요?"

"쳇. 그러네요. 아쉽지만 다음 기회로 하죠."

"예이. 예이. 우선 집중하자고요."

드디어 목표로 한 곳이 보였다.

작은 건물이다. 막사에 더 가까워 보이기도 했다.

저 작은 건물을 목표로 온 지 얼마 되지도 않았는데, 오랜 여행을 한 느낌이다. 신상철과 함께 와서겠지.

'허름한데⋯⋯.'

이번에는 급조되어서 그런 건지, 처음 터트렸던 곳보다는 훨씬 작아 보였다.

폐허라도 어떻게든 장비를 놓고 꾸미는 자들이었는데, 지금은 허름하다니.

'저들도 슬슬 한계가 오고 있다는 건가.'

나나 신상철이 미친 듯이 폭발을 시키고, 이준혁과 정우혁이 사람을 모아서 치고 있다고 하는 상황이지 않나.

저들이 슬슬 자원이 부족해지는 건 생각해 보면 당연한 이야기일지도 몰랐다.

거기다 허름한 덕분에 오히려 폭파시키는 건 쉬웠다. 문제는.

"……헌터들이 꽤 많은 거 같은데요. 안까지 생각하면 그 이상일지도요."

"아마도 저희 잡으려고 온 거겠죠."

진짜 헌터가 많다.

장비로 보아하니 저기에 있는 열댓 명 정도가 다 헌터 같다.

거대한 해머라든가, 철갑을 두른 자들은 탱커일 확률이 높다. 그들이 막사 주변을 느릿느릿 돌면서 경계를 서고 있었다.

폭파에 당하더라도, 당장 살 수 있는 게 탱커니 그들이 경비를 서는 듯했다.

처음 폭발을 시도할 때는 보지 못한 광경이다.

'장비가 없으니까 몸으로 때우는 건가.'

처음 폭발을 일으킨 뒤로 몇 번 근거지를 폭파하러 갔을 때는 최신 장비가 그득그득했는데, 이제는 인력으로 때우나 보다.

바깥에만 저 정도 헌터들을 경비로 쓴다면, 안에는 더 있을지도 모른다.

특별한 이유가 있지 않고서 일반인에게 장비를 줄 리는 없지 않나. 거의 확실하다.

'어쩐다…… 여기 위험부담이 크기는 한데. 예상보다 많아.'

위험 부담이 너무 크기는 했다. 예상을 어느 정도 하긴 했지만, 어디까지나 예상일 뿐이다.

오늘의 작전을 생각하면 잘됐다 싶기도 하지만, 너무 많다는 생각이 드는 건 어쩔 수 없었다.

결정을 내려야 했다.

정우혁은 분명 작전의 속행 여부를 내가 정하라고 했다.

안 된다 싶으면 그냥 빠져나오는 판단도 그는 괜찮다 했다. 오늘만 날은 아니라던가.

'가냐 마냐 둘 중 하나인데도 어렵군.'

그래서 이마를 찌푸려가며 고민을 하고 있으려는데 신상철이 손을 척하니 내민다.

나랑은 다르게 그의 표정은 여전히 여유만만이다.

"주세요. 알아서 처리하고 올 테니까요."

"흠…… 즐기고 있는 거 맞죠?"

신상철. 그가 요즘 가진 별명은 폭탄마다.

일을 벌이며, 저크가 속했던 조직과 싸운 지 벌써 수차례.

내가 폭탄에 이능력을 부여해 주면 낄낄대면서 폭탄을 던지고 와서 생긴 별명이다.

꽤 촌스러운 별명인데도 참으로 좋아하는 느낌이다.

분명 촌스러움을 즐기고 있는 거라고 저 양반!

쯔왑—

공간 장치에서 폭탄을 하나 꺼내 들었다.

이번에는 적어도 두어 개는 더 필요해 보였다. 헌터가 많으니까 확실히 해야 했다.

'조절 좀 해 볼까.'

저들도 준비를 하는데 이쪽도 대충 갈 수는 없지.

화아아악—

이능력을 최대한 불어 넣었다.

대체 무슨 재료로 만든 폭탄인지는 몰라도, 이능력을 부여받으면 스스로 빛이 나는 부분이 있다.

힘을 더 많이 넣을수록 빛이 더욱 커지는데 지금은 아주

환하게 빛이 나는 수준까지 올라왔다.

밤이었다면 랜턴 전용으로 써도 될 정도.

'좋아.'

꽤 신기한 폭탄이다.

그걸 마지막으로 감상하며 신상철에게 넘겼다.

"자요."

"하하, 이거 든든합니다?"

"적당히 하고 튀는 겁니다. 알았죠?"

"아무렴요!"

잡아채듯 폭탄을 한 아름 안고서는 달리기 시작하는 신상철!

자신의 눈을 보호하기 위해서라는 고글 같은 장비를 착용하자마자, 달려 나가기 시작한다.

"휘유."

휘파람이 절로 나오는 굉장히 빠른 속도였다.

그의 이능이 속도에 관련되어 있으니 당연한 이야기!

신상철이 모습을 드러내자마자,

"저기!"

"찾았다!"

저들도 대비를 했는지 자신들의 장비를 챙기고 대응을 하려 한다.

하지만 역시 빠른 쪽은 신상철이다.

"흐하하! 폭탄 투하!"

콰아아아앙—!

빠른 투척. 이어지는 빠른 폭발!

순식간에 적들의 전열이 무너지고, 임시로 만든 적의 근거지 중에 하나가 터져 나간다.

콰아앙! 콰앙!

처음 터진 폭발음에 이어, 이쪽에 폭탄이 터진 것 말고도 다른 여러 곳에서 폭음이 터져 나온다.

다들 놀랄 만한 광경인 건 맞는지 경비를 서고 있던 탱커들도 놀라는 게 보였다.

"어디야! 어디!"

하지만 나는 그거보다 다른 거에 놀랐다.

던지자마자 바로 폭발이 이어지다니. 내가 폭탄을 준 지 얼마나 됐다고?

'미친. 미리 스위치 눌러 놨나!'

터지는 속도에 놀랐다. 저 양반, 내게 폭탄을 받자마자 폭발 스위치 누르고 달려 나간 게 분명하다.

그렇지 않고서야 10초가 돼야 터지는 게 바로 터질 리가 없잖아?

'아재 개그력 충만에, 위험은 즐기는 타입이냐.'

잘못 터져서, 폭탄이 자기 손에서 터지면 어쩌려고?

 타이밍이 조금만 늦었어도 손이 아작 나다 못해 몸이 터졌을 거다.

 하여간 나보다 더 미친 양반이다.

 "크아악."

 "어떻게 해 봐!"

 폭탄이 터지자마자, 다시 뒤로 몸을 빼고는 달려오는 신상철이었다.

 흐뭇한 일을 해낸 듯 그의 표정도 참으로 보람차 보였다.

 "으하하. 어서 가죠!"

 "그럽시다!"

 마음 같아서는 잔소리를 잔뜩 해 주고 싶지만, 별수 있나. 달려야지!

 "저기 족쳐!"

 "어서 연락하라고!"

 근거지를 터트리자마자 달려 나오는 헌터가 저리도 많다고?

 이제부터는 튀는 수밖에 없었다.

 아니, 작전상 후퇴라 해야 할까? 머리로 동선을 그리면서 한참을 뛰었다.

 근데 저 양반은 어째 나보다도 더 빠르게 뛴다. 같이 가야 할 거 아냐.

"같이 갑시다!"

"으헤헤헤헤. 알았습니다!"

소리치고 나서야 겨우겨우 같이 달린다.

뒤를 돌아보니, 헌터들은 잘도 쫓아오고 있는 상태.

과연 폭발에도 많이 살아남은 건가. 헌터는 헌터다.

'생각보다 많기도 해.'

어디 기습이라도 하려고 준비를 하고 있던 건지, 아님 연락을 받고 온 건지는 모르겠다.

달리면 달릴수록 적들의 수도 계속해서 불어나고 있는 상태였다.

"죽여!"

"잡으라고! 빠가야로!"

되지도 않는 일본어는 저들의 트레이드 마크인지 뭔지. 험악한 기세로 쫓아오기를 한참이었다.

우리를 잡으면 어떻게든 죽일 기세다.

'크흐. 그냥 가면 섭섭하지.'

신상철의 폭탄마 놀음이 나도 부러웠을지도 모르겠다. 아니면 전염됐을지도?

화아아아악—

달리면서도 몸에 기운을 끌어올렸다.

동시에 요 근래 일을 벌이면서 떠오른 기술에 대한 새로운 이미지.

폭발.

그걸 머리로 그리면서 손으로 화염의 구슬을 하나 생성한다. 그대로 적들을 향해서 던지고!

'터져라!'

이미지를 그린다! 최대한 큰 폭발로!

퍼어어엉!

순식간에 화염이 큰 폭발을 일으킨다.

"크아악."

"젠장!"

헌터들인지라 막는 쪽도 있고, 피하는 쪽도 분명 있었다.

하지만 우리를 쫓아오던 저들의 발걸음을 늦추게 하는 데에는 충분했다!

'좋았어!'

던져놓고 보니 아주 재밌다.

그 모습을 얼핏 보더니 엄지를 척하고 내미는 신상철이었다. 같은 동료를 찾았다는 동료애가 느껴지는 아재의 표정이라니.

"오오! 역시 대단합니다!"

"……됐수다."

몸을 더 날렸다. 안으로. 안으로.

'저쪽이었지.'

그들을 꾀어낼 곳을 향해서.

계속해서 몸을 날린다.

한참을 두고 달리는데도, 저들은 수가 줄기는커녕 계속해서 늘어나며 내 뒤를 쫓기 시작한다.

저들도 오늘 끝장을 낼 기세인지, 기세가 아주 사납기 그지없었다.

그래도 달리고 또 달린다.

나보다는 이곳 지리를 잘 아는 토박이 신상철에게 물었다.

"얼마나 남았죠?"

"이제 잘해야 삼 분!?"

"……하악. 씁, 머네."

"뻥입니다! 자아! 바로 앞!"

"이 미친!"

그의 말대로 앞에 목표로 한 곳이 보인다.

'저기군!'

저 멀리서 정우혁이 내게 윙크하는 게 보인다. 잘했다는 의미겠지!?

질 수 없지! 나도 마주 윙크를 해줬다.

"웨에엑!"

그게 신호였나.

정우혁 옆에선 이준혁이 손짓을 한다. 어서 오라고. 동시에 다른 곳에서 움직임이 일기 시작했다.

작전 결행이다!

*　　*　　*

'해 볼까.'

저 절벽 위.

정우혁이 어떻게 만들었는지는 몰라도, 언덕이었던 걸 깎아지르는 절벽으로 만들어 놨다. 말도 안 되는 짓을 벌인 거다.

거기를 오를 결심을 했다.

화아아악—

염환을 여러 개 생성해 냈다.

전보다 힘의 운용이 수월해져 가는 건지 생각보다 쉽게 환이 생성된다.

이번에는 합치진 않았다.

대신.

'올라탄다.'

타앗— 탓.

염환을 여러 개 깔아버리고서는 하나하나 밟고서 뛰어 올라가기 시작했다.

"오오오!"

감탄하는 허웅의 목소리가 가까워져 간다.

'흐흐. 되는군.'

불. 특히 내가 생성한 불의 기운에는 당하지 않는 걸 이용한 묘기다.

복잡한 물리 법칙을 왜곡하는 짓일지도 모르지만 나는 실제로 이게 됐다!

내 불의 기운 한정이지만, 불이 받쳐 주는 한 어디든 건너갈 수 있게 되는 거다!

'나중 가서는……'

불로 된 구슬 정도가 아니라 거대한 걸 만들어내면 그걸 타고 다닐 수도 있지 않을까?

말도 안 되는 상상을 하면서 밟고 또 밟아 위로, 또 위로 올라갔다!

아래에서 들리는.

"으아! 저 버리는 겁니까!"

"아까의 복수입니다!"

신상철의 말은 가볍게 씹어주셨다.

저 양반. 아까 분명히 처음 뛸 때 나보다 먼저 가려고 했다고!?

찌질함을 버려가는 나이지만, 그래도 당한 건 갚아줘야 하지 않겠는가!

결코 내가 쪼잔해서 그런 게 아니야. 절대로.

결국 한참 망설이더니.

"에잇! 어쩔 수 없지."

쯔왑—

그도 무언가를 꺼내어 든다.

'뭐하려고!?'

여러 개의 판때기인데, 철로 만들어진 뭔가였다. 그거를 흩뿌리더니.

"먼저 갑니다!"

순식간에 나를 제치고 올라가는 게 아닌가!

"우와아악! 미친!"

나도 질 수는 없다는 듯, 밟고 올라가던 염환에 폭발력까지 더해서 추진력을 얻었다.

파앙— 파아앙— 파앙—

참으로 요란하게도 절벽에 올라선달까!

둘 모두 묘기 아닌 묘기를 부리면서 절벽 위에 척하니 착지를 했다.

충만하라! 아재력! 51

여기저기서 들리던 환호성과 감탄은 보너스였다.

"으차차, 세이프!"

"이쪽이 먼접니다!"

솔직히 신상철 쪽이 아주 미묘하게 빨랐다. 쳇. 강화된 안력으로 그 정도는 안다.

허나 질 때 지더라도.

"예이, 예이. 그러시겠지요."

"쿳…… 뭡니까! 그 표정은!"

"아닙니다."

전에 이준혁이 내게 그런 것처럼 비꼬는 표정을 지어주면, 이겨도 이긴 거 같은 기분이 안 든다고?

'흐흐…… 배운 건 써먹어야지.'

별거 아닌 거에 이긴 척 굴고, 억울해하는 신상철을 슬그머니 무시를 하고서는.

"이제 슬슬 터트리지!?"

"그럴까요. 꽤 많이 왔네요. 거의 저쪽은 괴멸시킬 수 있을지도요!?"

"……학살일지도 모르지."

정우혁에게 어서 실행하라 말했다.

정우혁은 내게 답을 하면서도 이준혁에게 눈짓을 한다.

이곳을 책임지고 있는 게 이준혁이면서, 이 단계에 오기까지 가장 공을 들여 온 것도 이준혁이니 그의 신호로 움직이려는 거겠지.

많은 이들을 암살하고, 동시에 이리저리 흩어져 있던 사람들을 모으는 데 공을 들인 것도 이준혁 그니까.

우리도 애를 쓰기는 했다.

그래도 이번 일에서만큼은 이준혁의 공이 가장 컸다.

그 뜻을 알아들었는지 그가 고개를 작게 끄덕이며 나, 정우혁에게 감사의 눈짓을 한다.

그리곤.

숨을 크게 들이시더니, 자신의 기운까지 담아서 크게 외친다!

"모두 준비!"

일대가 그의 소리로 울린다.

일장 연설도 없었다. 짧았다. 하지만 그걸로도 충분했다.

모두가 미리 준비해 놓았던 것을 꺼내어 든다. 폭탄들이 여럿 쏟아져 나온다.

'고생 좀 했지.'

내가 어제 죽어라 기운을 불어 넣어 놓은 폭탄들이다. 덕분에 마련할 수 있는 숫자기도 했다.

거기에 더해서.

"하앗……."

고오오오오—

여기저기서 기운을 끌어 모으기 시작한다.

"저도 슬슬 해야겠군요."

내 옆에 있는 이준혁조차도 자기만의 독특한 힘을 쓰려는 듯했다.

잔뜩 힘을 끌어 모으려 하고 있는 모습은 경건해 보이기까지 했다.

'나도 해 볼까.'

스으으—

그 옆에서 온몸을 불태우던 나.

온몸의 기운을 끌어 올리고, 앞을 직시한다.

적들 헌터.

일본인들이 주축이 되어서 운영을 한다는 조직의 헌터들도 오늘 끝을 보겠다는 건지 멈춤이 없었다.

단지 계속해서 달려올 뿐이다.

우리가 무엇을 준비하든 자신들이 이길 수 있다는 자신감이 있어 보였다.

하기는, 그들은 언제나 한국에서 승자였다.

타국이나 다름없는 부산의 한 축이 되었고, 권력자가 된지 오래인 그들이었다.

같은 한국인이면서도, 저들에게 붙어서 권력자의 개 노

릇을 하는 자도 많았다.

그러니 되지도 않는 일본어, 말도 안 되는 욕을 들을 수 있었던 거다. 저들에게 스며든 자들이 어설프게 따라한 거겠지.

어리숙하다 못해 어리석은 자들의 선택이다.

"우와아아아!"

"어서 쳐!"

저들이 더 가까워진다. 절벽 아래로 달려오는 기세는 더욱 커진다. 육성이 바로 들릴 정도다.

"끼요오오옷!"

누군가는 점프를 해서 절벽을 타고 오르려 한다. 또 누군가는.

"부숴 버려!"

이능력을 이용해서 절벽을 부수려 한다.

그도 아니면, 땅을 일으켜서 절벽까지 이으려는 자도 있을 정도였다.

모두가 힘을 모으면서도 불안한 기색을 보인다.

적. 그동안 이준혁을 포함하여 많은 이들을 괴롭히던 자들.

승자로서 패자나 다름없는 자들, 아니 약자들을 괴롭혀 왔던 그들을 가까이 마주하니 겁이 나게 되는 거다.

이준혁, 정우혁, 나. 공격대원들.

그들을 제외하고도 많은 이들이 불안한 듯 몸을 떤다.

습관일 거다. 오랜 시간 억압당해 온 자의 서글픈 습관.

'한번 패배하면 계속해서 패배하는 것에 익숙해지니까.'

승리가 오히려 어색하게 느껴지는 거겠지.

이제는 반대로 돼야 했다.

달려오는 저자들에게 패배라는 것을 안겨 줄 때가 왔다.

그러기 위해서 열심히 달려왔고, 죽어라 해 왔던 지난 시간이지 않은가.

이곳에서의 모든 일들을 한번 화려하게 끝맺어 봐야 하지 않겠나.

그게 바로.

"지금! 공겨어어억!"

지금이다!

이준혁의 신호에 모두가 자신의 이능력을 날리기 시작한다.

"우와아아아아!!!"

원거리가 되지 않는 자는 내가 마련해 준 폭탄이라도 던진다.

"크아아아앗!"

가장 옆에서 힘을 끌어 모으던 정우혁도 감던 눈을 뜨고 힘을 사용한다.

'미친…….'

순간, 삭제가 됐다.

샤악—

바로 눈앞의 스물 정도 되는 헌터들의 허리가 모두 끊어졌다.

딱 그들의 허리 부근이 사라졌다. 그대로 '공간'이 삭제된 느낌이었다.

"크아…… 이제는 때려죽어도 못 써."

그거 하나를 하고 힘을 다 쓴 듯 그대로 주저앉아 버리는 정우혁이었다.

대단한 일을 한 주제에, 힘 자체가 휘발성이 크다.

그래도 대단한 짓을 했다.

저들 중에 꽤 많은 이를 전력 외로 만들어버렸으니까. 아니 정확히는 죽였지.

이쪽도 질 수는 없지 않나!

이쪽도 날아오는 자. 힘을 쓰는 자. 그도 아니면 원거리를 날리는 모든 자를 겨냥했다.

"타올라라!"

거대한 불의 구체. 지금까지 내가 힘을 끌어 모아 만든 구체가 움직이기 시작한다.

고오오오—

절벽을 넘어 저들의 머리 위로 올라가는 나의 불의 구체.

그대로 정지를 한다.

한 방에 터지지는 않았다. 그것을 내가 원하지 않았으니까. 대신.

'쏴버리라고.'

스으으으으—

거대했던 불의 구체가 나눠진다.

수없이 많이. 그리고 아래에 있는 저들. 적들의 주력에게.

쏴아아아아—!

"으어억!"

"위! 위를 봐!"

그대로 떨어져 폭발을 하기 시작한다.

일종의 불의 비!

하나, 하나씩만 놓고 보면 홀로 생성하는 불의 환보다는 약했다.

그래도 가랑비에 옷 젖는다는 말이 있지 않나.

저들을 제압하는 데는 집중하지 않은 불의 비로도 충분했다!

순식간에 아수라장이 연출된다.

적들이 힘을 쓰기도 전부터 많은 전력이 정우혁에게 죽어 나자빠졌고, 내가 혼란을 더해 줬다.

이능력이기에 불이 잘 안 붙어 망정이지, 진짜 불의 비였다면.

'불지옥의 한복판이 되었겠지.'

지옥이 있다면 바로 저기가 되었을 거다.

내가 해 줄 수 있는 건 여기까지였다.

가장 멋진 건 내가 독식해야겠지만, 지금만큼은 멋짐을 독식해 줘야 할 이가 따로 있었다.

"다녀오죠, 사형."

"그래."

여태껏 뽑아들지 않던 검. 한철이 만들어줬음이 분명한 명검을 꺼내 든다.

그 모습 자체로도 아주 멋들어진 그림을 그리는 이준혁이었다.

스르르릉—

동시에 그를 따라 다른 근거리 딜러들도 검을 빼어들기 시작한다. 탱커도 마찬가지.

실상 탱커고 딜러고 따로 구분할 것도 없이 모두 전투 태세였다.

내가 죽거나, 적이 죽거나.

둘 중 하나를 선택한 자들의 눈빛이다. 사생결단을 그리고 있다.

"간다!"

가장 먼저 이준혁이 쏟아지기 시작한다.

한 폭의 그림처럼 적들을 향해서 쏟아지는 이준혁의 검은 멋들어지게 적 하나를 베고 시작한다.

그 뒤로.

"우와아아!"

"뒤처지지 말라고! 저 개새끼들 죽여!"

"죽여!"

원초적이지만, 그동안 당한 설움을 풀겠다는 듯이 달려가는 이준혁의 수하이자 동료 된 자들이 있었다.

그들의 눈은 이미 시뻘게져 있었다. 원한에 불타오른다.

"뒤져라!"

"시이벌…… 넌!"

"내가 널 잊을 줄 알았냐!"

지금 이 순간만큼은 그들이 악으로 보일 광경이었다.

그동안 당한 설움을 씻어내는 악귀이자, 약자로서 버텨내고 살아남아서 복수를 탐하는 아귀들이었다.

"크아악."

불의 비 아래에 끙끙대는 적들조차 그대로 칼로 내리찍

어 죽음을 선사해 준다.

그로도 모자랐는지, 시체마저 갈기갈기 찢어버리는 공격도 있을 정도였다.

허나 그걸 가지고 욕할 자들도, 그들이 사악하다 할 자들도 없었다.

그동안 당해 왔던 자들이었으니까.

당했던 모든 것들을 풀어버리는 것뿐이다. 그게 그들이 할 수 있는 최선이니까.

"흐아아압!"

그 최전선에. 이준혁이 있었다.

그리고 나는 어느새 다가온 공격대원들과 함께 그 광경을 가만 바라볼 뿐이었다.

허웅이 바보스럽게 묻는다.

"우리도 언제고 저러겠지?"

씁쓸한 듯 묻는 어투였다.

허나 그에 대한 내 대답은 씁쓸함보다는 나조차 놀랄 정도의 단호함을 담고 있었다.

"그렇겠지. 운이철. 그리고 그가 아니더라도 당해 온 게 있으니까."

한 장의 페이지가 넘어간다.

부산에서 그려져 가는 책의 페이지는 이준혁의 것일지도 몰랐다.

허나 이제 곧 돌아갈 서울에서부터는 나의 페이지가, 멋들어지게 펼쳐질 차례가 다가오고 있었다.

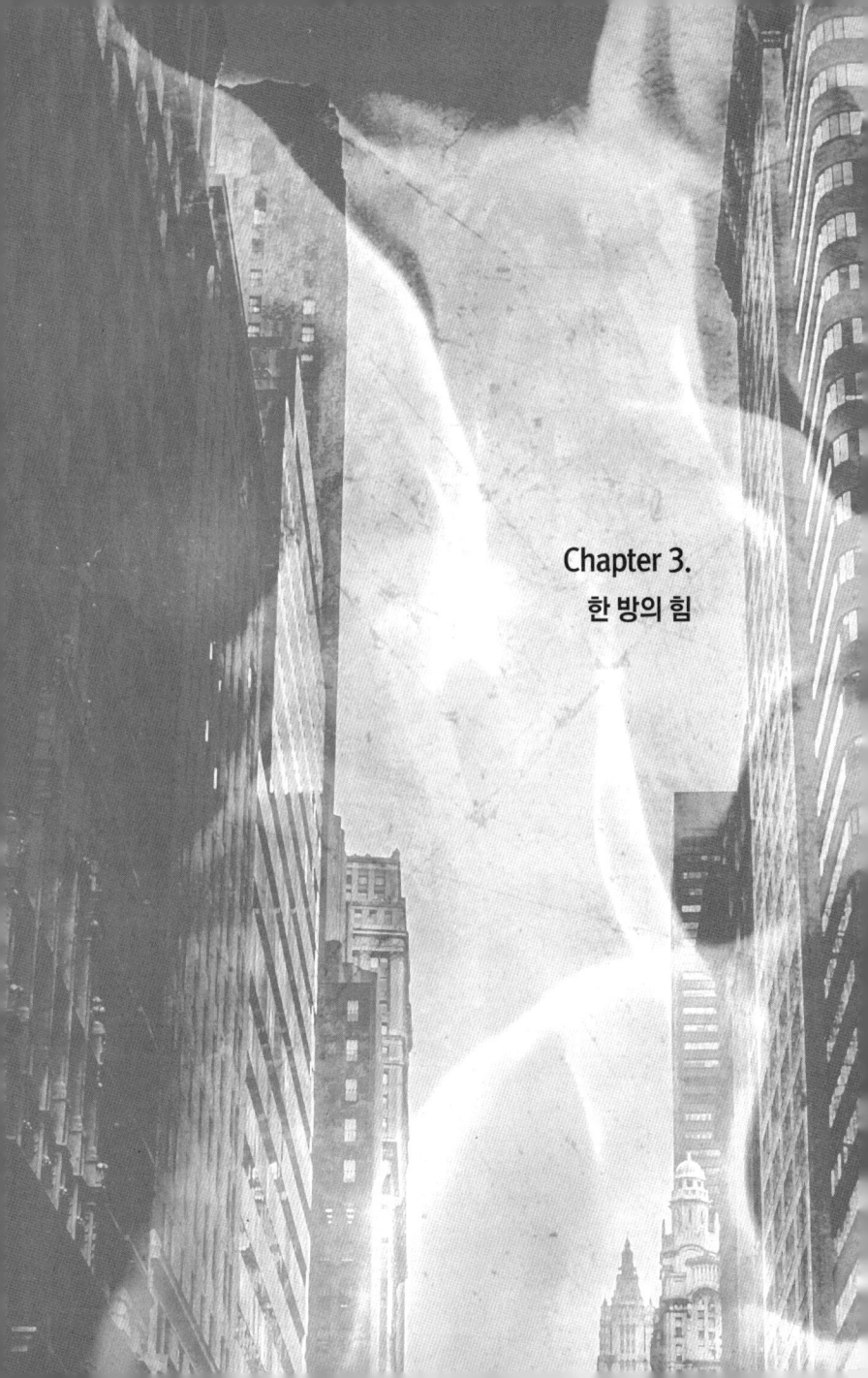

Chapter 3.
한 방의 힘

그날의 전투는 결정타였다.

그동안 우리가 준비해 온 모든 것들을 쏟아냈달까.

저들도 이번 일을 기회로 우리를 일망타진하려 했고, 우리도 그랬다.

우리 쪽의 준비가 더 철저했으며, 저들의 예상 이상이었기에 승리를 장식할 수 있었다.

사람을 죽이는 것까지는 찬성하지 못하지만 어찌하랴.

저긴 저들만의 사정이 있기에 우리는 마지막의 결정타를 묵묵히 참고 바라보고만 있었을 뿐이다.

그리고 시작된 마무리의 마무리.

"아악! 살려줘!"

"제, 제발……."

"죽엇!"

전투가 기울기 시작하고 남은 건 학살.

이준혁 측에 있는 소수의 이능력자들, 자매를 포함하여 힘이 강해져 가고 있는 몇은 손속에 자제라는 게 없었다.

그들은 이준혁처럼 완전한 끝을 원했다.

온몸에 피 칠갑을 하고서도, 힘이 남아도는 건지 남은 자들을 처리했다.

죽음으로.

부산을 차지하고 있는 저들 전체를 처리하지는 못해도 당장은 상관없었다.

그들을 직접적으로 괴롭혀 왔던 승냥이 중 하나는 처리하기를 원한 것뿐이다.

그걸로 원한을 조금이라도 풀고 싶은 거겠지.

'실제로…… 이득도 있긴 하고.'

절벽 아래에서 죽어가는 자들을 보자니 말도 안 되게도 어젯밤의 일이 떠오른다.

* * *

어젯밤.

절벽의 전투가 벌어지기 전, 셋이서 자리를 가졌었다.

오늘로 예정된 절벽의 전투가 이번 전투의 핵심이자 꽃과 같았으니 가진 작은 자리였다.

기념? 그런 건 아니었다.

이준혁은 혹시나 실패를 했을 때 죽음까지도 각오했다 말할 정도였다.

그 상태에서 이어지던 몇몇의 대화들.

그중에서도 나와 이준혁을 두고서 씁쓸하게 말하던 정우혁의 신랄한 표현을 빌리자면.

"어차피 승냥이 떼들이죠. 승냥이 중 하나만 처리하면 나머지는 부상당한 놈을 물어뜯느라 바쁠 겁니다."

"더럽네?"

"그게 그들이 사는 법이니까요. 어쩔 수 없는 승냥이인 거죠."

"그 사이 우리는 시간을 벌고, 커 간다? 말처럼 쉬울까?"

"해 봐야 하는 거 아니겠습니까. 그래서 준혁이 놈이 검을 빼 든 거고요."

"건투를 빌 수밖에 없겠군."

결국 승냥이 떼이니 애써 우리들을 노리기보다는 그들끼리 서로 싸울 거라는 결론이 내려졌다.

남자 셋이서 나누기에는 너무도 어두운 말이지만, 그 말이 맞을 거다.

살자고 타국으로 오고, 타국에서 협잡질이나 벌이고 있는 자들이 승냥이지, 누가 승냥이겠는가.

그 승냥이 떼들을 욕하고.

"형님한테는 감사할 따름입니다."

"됐어, 임마. 사형 아니냐, 사형. 너도 내가 힘들어지면 도울 거잖아? 그치?"

"당연하지요!"

서로의 우애를 다졌다.

실익도 없는 바보 같은 짓일 수도 있는 걸 알지만, 실실 웃음이 나왔었다.

바보같이.

작전을 결행하기 전날 컨디션을 조절해야 하는데도, 꽤 오래 이야기꽃을 피웠더랬다.

그게 어젯밤의 일이었다.

*　　*　　*

그리고 오늘 절벽에서의 전투로 우리는 그 승냥이들 중 하나를 처리하고 있었다.

"크악!"

마지막 적 하나가 단말마를 남기며 쓰러진다.

승냥이 떼의 몸통이 바로 이 절벽 아래에서 죽어 나자빠졌다.

남은 건 부산 쪽에 남아 있다는 머리뿐.

'역시 직접 하고 싶은 건가.'

이준혁은 절벽 아래에 있는 적들을 모두 처리하고도 만족하지 않았다.

그를 괴롭히던 승냥이를 직접 처리하기 위해선지 피 칠갑을 한 채로도 여전히 검을 빼 들고 있는 채였다.

"후우……."

절벽 아래 모든 적들을 처리하고는 숨을 한 번 크게 내뱉었을 뿐이었다.

그 숨 한 번에 대체 얼마나 많은 한과 의미가 담겨 있을까. 먼저 떠나버린 이들이 얼마나 많이 그의 머릿속을 스쳐 지나갈까.

절벽의 아래에서 살아남은 적들을 베고, 또 벨 때도 언제나 손에 쥐어져 있던 검만이 그의 뜻을 알 거다.

그 또한 마치 검만이 자신의 모든 것을 대변하는 그 무언가처럼 움직이고 있지 않나.

'검이 준혁이의 모든 거겠지.'

검으로 시작했으니 검으로 모든 걸 마무리하려 하는 건가.

그가 하던 심호흡을 멈추고, 호흡을 고른 나를 바라본다.

그의 태도는 마치 사형에게 예를 구하듯 정중했다.

그리곤 그가 허락을 구하듯 말했다.

"이제 마무리 한 번이면 됩니다. 마무리는…… 제가 가려 합니다."

"도와주지 않아도 괜찮겠어?"

"예. 남은 자들도 몇 되지 않는 상황이니…… 제가 치고 오죠."

그의 심정이 이해가 갔다. 마지막만큼은 자신의 손으로 마무리를 하고 싶은 거겠지.

'나도…….'

운이철을 건드린 자를 찾으면 그리할지도 모를 테니까. 아니, 확실히 그럴 거다.

어리숙한 나라고 해도 누구의 손도 빌리고 싶지 않을 게 분명하다.

그렇기에 이해했고, 그렇기에 고개를 끄덕였다.

그가 마무리하기 위해서 움직이는 길이 무겁지 않도록 가볍게도 끄덕여 줬다.

"다녀와. 죽지 마라. 죽으면 죽여 버릴 테니까."

"……후후. 사형답네요. 다녀오죠."

그가 이소정, 이유정 자매를 뒤로 대동하고 저 옛날 무사라도 되는 듯 검을 빼어든 채로 움직인다.

그 뒤를 그와 함께하던 헌터들이 비척비척 걸으면서도 따라간다.

"음?"

"다시 오겠습니다! 저도!"

의외로 강한 전력을 가진 신상철.

그를 포함한 몇들이 나를 가만 바라본다. 그러더니 이내 이준혁을 따라 다시금 걷기 시작한다.

'다시 온다는 게 무슨 말일까.'

꽤 큰 궁금증을 남겨놓고서, 승냥이의 머리 하나를 치기 위해 움직인다.

절벽 위에 잔뜩 힘이 빠진 우리. 그 아래 시체 더미들. 아수라장.

그리고 그런 아수라장을 떠나가는 이준혁과 그를 따르는 자들.

한 편의 영화 같은 장면을 연출하고, 그는 그렇게 잠시 자신이 세운 근거지를 떠나갔다.

멍하니 서 있는 내게 어느새 제정신을 차린 정우혁이 다가온다.

휘발성인 능력을 가진 주제에 공간을 갈라대는 미친 짓을 해놓고도, 그의 표정은 여전했다. 실실거린달까.

"우리는 여기 마무리나 대신해 줄까요? 하여간 멋진 건 이준혁 저놈이 다 하는 거 같습니다."

"푸후, 너도 했잖아. 안 그래?"

불만스러운 듯 말하지만, 정우혁의 표정에는 뿌듯함이 가득했다. 친구를 잘 뒀다는 의미인 거겠지.

"그거야 제 영역에서 한 거고요. 여기는 준혁이 영역 아닙니까."

"그럼 서울은 내 영역이고?"

"에…… 가장 큰 거 가져가시려고요? 이거 꿈도 크십니다?"

"흐흐, 모르지. 조심하라고. 너만 왕이 되는 건 아닐 테니까."

내 선택을 능청스레 말했다. 그러니 그가 가만 나를 직시한다. 눈빛이 날카로워진다. 그리곤.

"조심하세요. 서울은 여기보다 더 큰 승냥이…… 아니 그 이상이 있으니까요."

경고하듯 '무언가'를 알려 준다.

내가 예상하는 그 이상의 무언가가 있다는 듯이.

그 의미가 심상치 않음을 알지만, 짐짓 장난을 치듯 그의 말을 받아쳤을 뿐이다.

"뭐야 그게. 표현 한번 참 중이병스럽네."

"푸후. 그렇다고 큰 괴물 있다 우왕! 무섭다! 이럴 수는 없지 않습니까?"

"그렇지."

그의 경고는 진짜일 거다.

찌질했던 나로서는 감히 적이라 생각하지 못했던 어떤 존재일지도 몰랐다.

당장 이준혁만 보더라도, 승냥이 떼 하나 처리하는데 대형 길드 하나를 씹어 드시지 않았는가.

그래 놓고도 부산 전체를 차지하는 게 아니라, 단순히 시간밖에 벌지를 못했다.

부산만 해도 이런데, 비교적 몬스터로부터 영역을 잘 지켜냈다는 서울은 더 큰 '괴물'이 있을지도 몰랐다.

'그게 무슨 상관이야.'

허나 상관은 없었다.

언제부턴가, 아니 운이철이 내게 무언가를 보았을 때부터 내가 그린 그림은 그거보다는 훨씬 컸으니까.

단지 지금은 그때를 위해서 웅크리고 있을 뿐이었다.

또한 준비하고 있는 것이고.

그러니 그때까지는. 모든 준비가 될 그때까지는 참고 있을 뿐이다.

짐짓 아무 일도 없었다는 듯, 표정을 풀고서는 정우혁을 바라봤다. 그도 무언가 생각하는 듯 표정은 진지했다.

계속 진지할 필요가 있는가.

언제고 여기에 머무를 생각은 없다. 그러니 짧게 말을 건넬 뿐이었다.

"어서 마무리나 하자고. 저 시체들을 보고 몬스터가 올지도 모르잖아?"

"그렇죠? 준혁이 놈 돌아왔을 때 편히 쉴 수 있게 마무리나 합시다! 자자, 움직이자고요!"

"들었지? 다들 움직이자!"

"아, 어!"

허웅이 자신도 모르게 반사적으로 대답한다.

멈췄던 시간이 돌아오듯, 남은 자들이 분주히 움직이기 시작했다.

"자자, 여기로요!"

정우혁은 아까 다 쉬어서 지치지도 않는 듯 지시를 내렸다.

'짜식이, 시키는 건 참 타고났어.'

배울 만한 가치가 있는 효율적인 지시였다.

정우혁의 지시에 맞춰 사람들이 움직이기 시작한다.

일부는 시체를 재빨리 한곳에 모은다. 또 일부는 몬스터가 오는지 정찰.

그리고 나머지 마무리로.

"……하아. 이 짓 진짜 힘든데."

정우혁이 힘을 집중하고, 공간 그 자체를 움직이는 그 순간.

콰르르르릉—

시체를 한곳에 모아둔 곳에 절벽이 무너지기 시작한다.

"우와아아……."

"미친."

나와는 다른 방식의 힘의 운용이지만, 확실히 미친 힘이었다.

'또 공간을 갈랐어.'

다른 이들은 몰라도 분명 나는 봤다. 확신한다.

정우혁이 힘을 사용하는 순간, 절벽의 가운데 공간이 사라졌다.

갑작스럽게 없어졌던 공간이 다시 생긴 순간!

그 순간 사이에 절벽을 채우고 있던 흙들은 중력에 따라 아래로 흘러내렸을 뿐이다.

잠깐 공간을 사라지게 한 것만으로도 절벽은 너무도 쉽

게 무너져 내렸다.

'미친 힘.'

아마 정우혁의 힘이 휘발성이 아닌 지속적인 힘이라면 가장 강한 건 정우혁 쪽이 될지도 몰랐다.

그만큼 그 힘의 종류가 대단했다.

"헤헤, 이제 돌아가죠?"

"그래."

대단한 일을 해 놓고도 집안일 한 번 한 것처럼 헤픈 웃음을 짓는 정우혁이었다.

하여간 저것도 괴물이다.

그리고 얼마 뒤, 또 다른 괴물이 우리가 기다리고 있던 마을에 돌아왔다.

이준혁이었다.

"……돌아왔습니다."

잔뜩 지쳐 보이지만, 한을 푼 듯 옅은 미소를 띠고 있는 그는 분명히 새 소식을 가져오고 있었다.

* * *

이준혁이 돌아온 밤.

작디작은 축제가 열렸다.

음식도 부족하고, 여기저기 꾸밈도 부족했다.

'티타임 몇 번 가져봤다고 내가 눈이 높아졌을지도 모르지.'

그래도 분위기는 최고였다.

부족하나마 가진 것들을 꺼내고, 그걸 가지고 즐길 줄을 알았다.

고급술이 없어도, 비리비리한 물만 탄 맥주를 마셔도 다들 웃는 기색이었다.

남녀노소 가릴 것 없이 행복해한다는 말은 지금 쓰는 게 딱 어울린다 싶은 분위기였다.

"하하하, 내가 이번에 말이지."

"잘했다. 진짜 잘했어. 우리."

왁자지껄. 모두가 뿌듯해했다.

'좋네.'

얼마 전 펍에서 먹었던 때와는 확실히 다른 그런 경험이다.

인원수가 달라서도 아니고 마시는 것이 달라서도 아니다.

저기 저 한가운데에 시선이 가서일지도 몰랐다.

모두가 파티를 즐기면서도 알게 모르게 주목하고 있는 건 한 명이었다.

'이준혁.'

미인들인 이유정, 이소정을 양옆에 두고서도 묵묵하니 술만 마시고 있는 녀석.

저 녀석이 이 파티의 주인공이다.

적어도 이 순간에서만큼은 여기를 이끌어가고 있는 게 저 녀석이기도 했다.

사제이면서 동시에, 나와 비슷하면서도 다른 꿈을 꾸는 이준혁이다 보니 자연스레 내 시선은 계속 그를 향해 갔다.

'재밌단 말이지.'

머릿속으로 그려 본다.

나를 포함한 셋. 정우혁. 나. 이준혁.

이 셋을 거대한 체스 말에 대입해 본다.

이준혁은 공격 일변도의 룩, 정우혁은 비숍 정도 아닐까.

다들 왕을 꿈꾸지만, 아직은 딱 그 정도.

나?

'나는 아직 모르지. 폰이나 되려나? 아니, 그것도 아닌 거 같고. 애매하네.'

나는 아직 정해진 바가 없다. 그래도 나도 하나의 말이라고 한다면.

지금 당장 세 개의 체스 말 중에서 이준혁이 지금은 가장 멀리 나아갔을 거다.

그다음은 자신을 따르는 자가 일부라도 있는 정우혁이겠지.

마지막은 나다.

나는 아직 많은 전진기지들을 가지지도 못했고, 지금 있는 터무니없는 개척지 같은 곳도 갖지 못했다.

그래도 질투는 하지 않는다.

지금의 순서가 언제까지고 영원할 거란 생각은 안 하니까.

처음 아무것도 없었을 때. 그래, 쉽게 말해 체스 말 중에서 가장 흔하디흔한 폰의 수준도 못 되었을 때도 나는 아등바등 올라왔으니까.

그리고 이 큰 체스판 위에 두 발을 내디뎠다.

미치도록 노력해서 체스의 말 중 하나 정도는 된다 생각하는 수준에 오른 것만으로도 대단한 거 아닌가.

그러니 질투는 없다. 다만 언젠가.

'다 따라잡아야지.'

언제고 저들. 정우혁이나 이준혁 두 난놈들을 흙수저를 대표해서 따라잡겠다는 생각뿐이다.

"크흐……"

깊은 생각을 하며 마셔서인지, 한 모금 마신 술맛이 쓰게 다가온다.

그때.

"커흠…… 큼…… 저도 같이 합석해도 됩니까?"

"뭐 어울리지도 않게 그래요. 당연한 걸."

신상철이 와서는 옆에 냉큼 앉는다.

허락은 단순한 요식 행위였는지, 미리 준비해 온 술잔만 해도 여러 개였다.

여기 오기 전에 마신 술이 많았는지 얼굴이 평소보다 벌게져 보였다.

성격은 중후해 보이는 외모와는 전혀 반대였던 그인데, 지금만큼은 진중해 보였다.

'부산 가서 겪은 일이 꽤 힘들었나.'

지쳐서 그럴지도 몰랐다.

그래도 기뻐하기에 충분한 날이니까, 억지로라도 버티며 기쁨의 파티를 즐기는 걸지도?

"거, 아시죠? 여기가 우리 새 터전이지만, 본래 나는 터전도 없었던 거."

"듣기는 했습니다. 원래 부산 사람이 아니라죠?"

"뭐…… 어릴 때 어쩌다 보니 흘러 들어왔습니다. 크흐흐."

과거사인가.

어려서 어쩌다 오게 된 부산. 그러다가 여기서 뼈를 묻게 되었다는 그런 이야기.

그의 나이가 서른 줄은 넘은 지 오래라 했으니, 거짓말은 아닐지도 몰랐다.

그때는 지금보다 더 막장으로 몬스터가 날뛰었다니 어쩌다 고향으로 못 간 건 흔한 이야기일지도.

내가 그의 이야기를 잔뜩 음미하고 있으려니.

그가 생각지도 못한 이야기를 꺼내온다.

"……그래서 생각을 해 봤는데 말이죠. 저나, 제 동료 몇 놈이나 별의별 생각이 다 들었단 말이죠."

"무슨 생각요?"

"꼭 여기 있을 필요가 있나. 이제는 서울로 다시 올라갈 수 있는데, 겁이 나서 여기에 뭉그적대고 있었던 거 아닌가 뭐 그런 생각 말입니다."

"흠. 그럴지도요."

서울이 고향이었나. 돌아가게 되면 가족이 없을지도 모른다.

알고 있던 모든 게 바뀌어 있을지도 모른다.

시간이 지나도 너무 지났으니까.

그러니 모든 게 바뀌어 있을 고향, 서울보다는 지금 조금이라도 알며 지내고 있는 부산이 낫다고 생각해 남았을지도 모른다.

'나도 비슷하게 겪었으니까.'

나만 해도 사연이 있어 돌아가지 않지 않나. 서울 한복판으로.

그래서 가족도 없는 듯 사는 거고.

크흐. 괜히 그런 생각만 해 봤자 술맛만 더 써진다.

"구심점이 없어서 그럴지도 모르죠. 그래서 생각을 해 봤는데 말입니다?"

"오늘따라 뭔데 그리 뜸을 들여요 뜸을."

"쳇. 그러니까. 들어보시죠. 우리가…… 몇 놈 있는데……."

그가 횡설수설 이야기를 해 온다. 꽤 긴 이야기였다.

나로서는 전혀 생각지도 못한 이야기였달까.

이 파티에서는 들을 수 있을 거라 생각 못 했던 그런 이야기기도 했다.

'하 참…….'

대체 이들은 내게서 뭘 본 걸까?

"……진심인 겁니까?"

"이미 이야기는 됐습니다. 허락만 해 준다면……."

"흠……."

신상철의 눈을 직시한다.

평소 아재력이 충만했던 그라고는 생각지도 못할 만큼

진지한 눈빛을 하고 있었다.

"안 되는 겁니까?"

"잘 한번 생각 좀 해봅시다."

우선은 보류다. 우선은.

* * *

생각지도 못한 일이다.

여기서 의뢰를 마무리하고, 정우혁과 함께 다시 돌아가면 되는 것으로 봤다.

축제 이후 정우혁도 슬슬 다시 움직이려 하고 있는 게 그 생각에 확신을 심어 주고 있었다.

'아, 정말 오랜만에 집에 돌아가는구나.'

라고.

그런데 신상철과 그 일행들의 이야기가 문제였다.

술김에 한 줄 알았는데, 술이 깨고도 은근한 눈빛을 보내며 생각보다 많은 수가 생각지도 못한 제안을 해 오니 이게 문제다.

……아재력으로 윙크까지 한다. 애교 같은데 역효과다.

"흐음. 제안은 좋긴 한데."

공격대에 껴달란다.

지금 공격대 수로도 충분하다 하니, 나중에 늘릴 거 아니냐다.

이왕 서울로 돌아갈 거면, 같이 가자라나. 자신들처럼 갈 곳 없는 헌터들도 좀 데려가고 말이다.

'실력도 나쁘진 않아.'

부산이라는 아수라장에서 살아남은 것과, 이 어려운 곳에서 나쁜 길로 안 빠지고 버티고 있었다는 것.

이 둘만으로도 꽤 컸다.

실력에 더해서 사람 인성도 괜찮다는 소리다.

해서 고민이 된다.

열심히 고민하고 있는 나를 향해 허웅이 물었다.

요즘 들어서 이지민하고 썸 타면서 신수가 아주 훤. 해. 지신 놈이다.

"어떻게 할 건데? 나쁜 건 아니지 않아? 신분도 다들 확실하고."

"흠…… 나쁘진 않지. 근데 그냥 받아들이기엔 좀……. 원래 애들도 신경 써야 하지 않냐?"

"어. 그도 그렇네?"

쉽게 들여서야 고생하고 들어온 다른 공격대원들이 문제를 삼을 수도 있다.

그래도 같이 전투를 치르면서 전우애가 조금이라도 생겼

겠지만, 지금 제대로 안 해 놓으면 나중이 문제다.

'이 부분은 신경 좀 써야지. 안 그럼 안 돼.'

일종의 텃새랄까.

찌질한 이야기라 할 수 있지만, 내가 찌질이 중 상찌질이였어서 잘 안다.

아, 물론, 지금은 찌질이 아니지만.

그래도 우선 저 허웅 놈은 고민하는 데 방해되니 보내려는 찰나.

"그리고 네가 와서 이야기하지 마. 마음에 안 드니까."

"아 왜!"

"아, 몰라. 죽창 맞을 놈아."

"크흐흐. 부럽냐!? 어렵게 생각 말라고. 어렵게! 간단하게 보라니까?"

"간단하게라…… 흠."

좋은 생각이 하나 스쳐 지나갔다.

* * *

'인간은 어리석어서 같은 일을 몇 번 반복하지. 흐흐.'

이럴 때 쓰는 말은 아니겠지만, 뭐 어쩌랴.

정우혁에게 말하고 며칠 시간을 더 얻었다.

그도 준비할 게 있어선지 시원스레 허락을 했다. 그 시간을 충분히 활용하기로 했다.

그 활용의 상태가 바로 지금 상태다.

마을의 외곽에 있는 큰 공터에 공대에 들어오겠다는 사람들을 다 데려왔다.

호기심에서인지, 별로 들어올 마음이 없어 보이는 자들도 몇 명 자원을 해 왔을 정도다.

그리고 그들에게 오래전 일을 몇 번이고 반복시켰다.

역시 사람은 단순하게 생각하는 게 최고다.

시작은 계약서.

"이쯤의 계약서야 안 지키면 장땡 아닙니까!?"

"그럼 어쩔 수 없죠."

그도 안 되면 탈락.

'이쪽이 아쉬울 건 없지.'

이제는 사람도 꽤 받아들인 데다, 위로 올라가서 또 모을 수도 있는 일 아닌가.

그러니 아쉬울 거 하나 없이 계속해서 진행했다.

두 번째, 바로 대련. 다 알지 않나.

특히 신상철의 경우에는.

"크아아아악! 아니, 왜 저만!"

"어서 오시죠! 어서! 이러다 떨어집니다!?"

"크으…… 젠장할!"

아주 호되게 굴려 주셨다.

내가 꼭 폭탄 던지고 다닐 때, 아재력 넘치는 개그에 시달려서 이러는 게 아니다.

다! 필요한 과정이어서 이러는 거뿐이다.

'결코 괴롭히는 게 아니지.'

아니, 어쩌면 합법적으로 괴롭히는 걸 수도!?

전투라는 긴장감도 부담도 없이. 아주 깔끔하니 상대를 해 주셨다.

매일! 매일!

그렇게 얼마나 지났을까.

"크으……."

"독하시네요."

"아무렴요. 옆에서 괴롭혀 줄 겁니다!"

"어허이! 공대 대장한테 그래서야 되겠습니까! 대련 한 번 더 해요?"

"제길……."

몇 번 굴려먹은 덕분에 호기심에 오던 사람들도 떨어지고, 지원자가 확 줄긴 했지만 사람을 더 얻을 수 있었다.

생각지도 못한 일이었다.

대체 내게서 뭘 본 걸까. 기어코 같이하려는 이유는 아직 잘 모르겠다.

'그래도 일단은 통과를 했으니까.'

그 의지를 확인했으니 두 팔 벌려 환영할 뿐이다.

추가로 작은 괴롭힘은 넘어가자.

"자자, 이제 출발해도 되겠습니까?"

"아무렴요, 의뢰주님. 크흐흐."

"며칠 사이 스트레스 다 푸신 거 같습니다?"

"설마요. 후후."

큰일 한 번 치르고 이제는 다시 위로 올라갈 그런 때가 왔으니까.

이제 돌아가서는 들을 수 있을 거다.

'스승님······.'

그녀로부터.

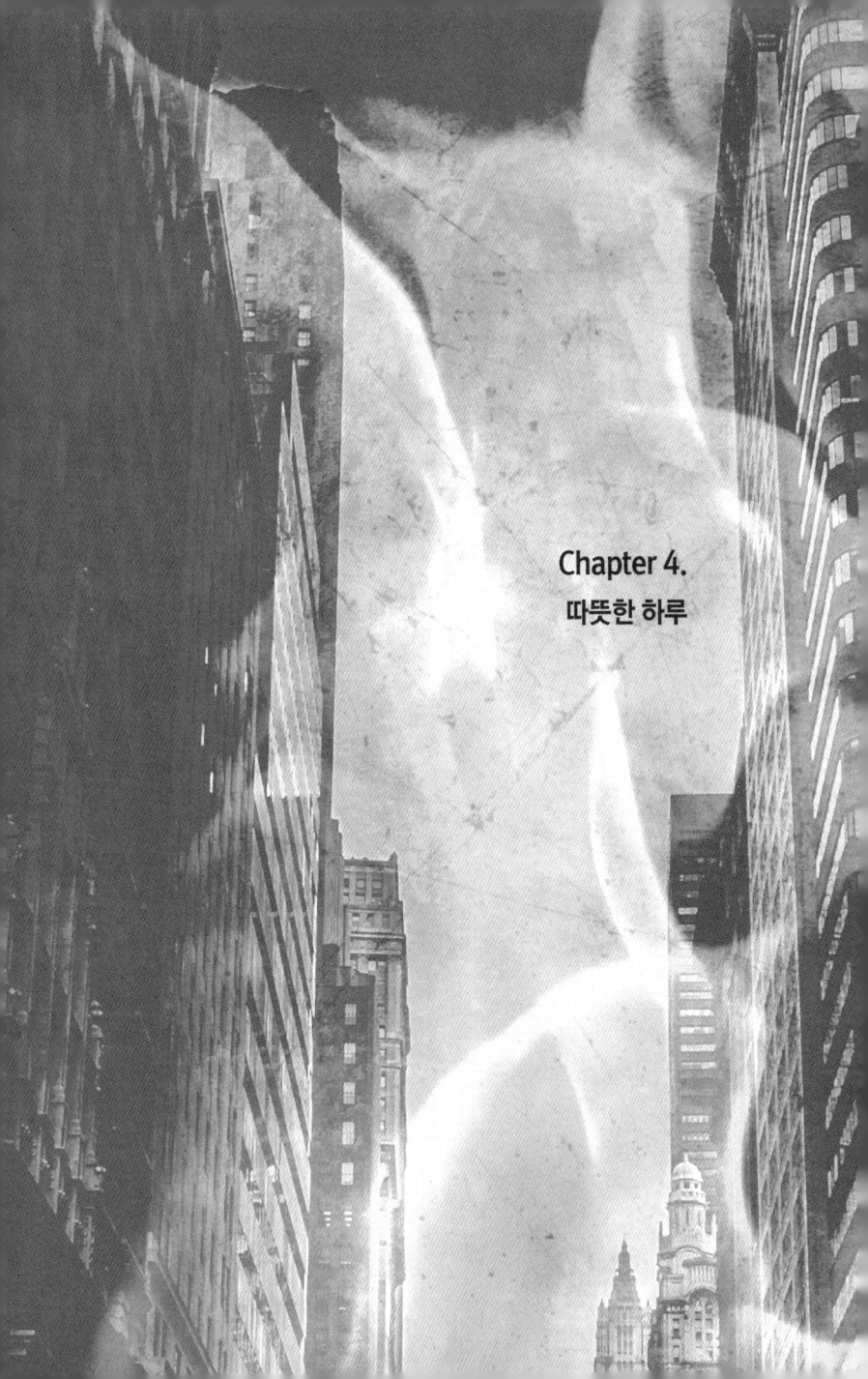

올 때는 운전수를 포함해서 열다섯.

지금은 서른이 다 되는 인원이 한 번에 움직이고 있었다.

새로 함께 가게 된 헌터들을 제외하고도, 서울로 돌아가겠다는 자들이 포함된 숫자다.

본래는 의뢰비를 받아야겠지만 돌아가는 길이기도 하고 여비 정도는 무리도 아니니까 함께하기로 했다.

"그 정도야 괜찮습니다. 다 먹고살자고 하는 건데요 뭐."

거기다 의뢰주인 정우혁이 먼저 허락을 해 줬으니 뭐 문제가 되겠나.

그리고 중요한 건 사람이 추가된 게 아니었다.

따뜻한 하루 91

"오오, 볼만하다."
"고렇지!"
다들 알게 모르게 주목하고 있는 둘. 아니 셋.
허웅과 썸을 타는 이지민. 그리고 거기에 끼어들어서,
"후후, 그러니까 부산 사나이는 부산 사나이 나름의 멋이 있다 이 말 아닙니까!"
"어머, 정말요?"
마초 그 자체인 척하지만 어째 생긴 건 기생오라비에 가까운 새로 추가된 딜러, 양인웅이 있으셨다.
양인웅이 대체 이지민의 어디에 꽂힌 건지는 몰라도, 양인웅은 꽤 적극적이었다.
농담도 좀 치고, 멋도 적절히 부릴 줄 알고 그다지 나쁜 성격도 아니었다.
문제라면 이지민이 허웅이랑 썸을 타고 있다는 거랄까.
이지민이 은근슬쩍 양인웅의 작업 아닌 작업을 받아주고 있는데 그게 꽤 재밌었다.
'여우야, 여우.'
내가 객관적으로 보기로, 거기에 인터넷에서 쌓은 연애 지식을 더하자면!
지금 허웅 저놈이.
"으으······."

울상 중 울상을 하고 있기는 하지만, 참으로 행복한 놈이다.

척 봐도 허웅 놈이 썸만 타고 어떻게 할 줄을 모르니까, 이지민이 질투 대작전을 펼치는 느낌이다.

괜히 양인웅의 말이나 들어 주면서, 질투를 유발하는 거다!

모태솔로 허웅을 상대로 질투 작전이라니.

여우 중에 여우다!

"오오……."

그러니 공격대원들 모두 알게 모르게, 셋의 썸의 전쟁을 바라보고 있달까. 썸과 전쟁 드라마다.

애타는 허웅을 볼 때마다 괜히 내가 다 기뻐지는 느낌이었다.

때로 직접 싸우는 거보다는 오랑캐로 오랑캐를 잡는다는 이이제이(以夷制夷)라는 말도 있지 않나!

직접 찌르는 죽창보다는 이게 꽤 눈요기가 됐다.

부산에서 서울까지의 길이 저 셋의 일로 힘들지 않을 것 같았다. 팝콘을 먹으며 관람하는 기분이다.

"흐응……."

그때 나는 눈치를 챘어야 했다.

저 셋의 썸의 전쟁을 보면서 이서영이 눈을 빛내고 있었다는 걸.

그들끼리의 작전이 내게도 통용될 수도 있다는 걸 말이다!

그것도 모르는 채로.

"야야, 저거 잡아!"

"오케이!"

서울로 올라가는 도중에 몬스터가 나오면 열심히 몬스터를 잡고.

"우왁! 미친! 정석이 두 개나!"

"오오오!"

긴장감도 없게 몬스터에게서 정석이라도 하나 터져 나오면 기뻐했다.

거기다 덤으로.

"오랜만입니다."

"하핫, 오랜만이지요. 주변에 켄차톡은 또 없죠?"

"덕분에요."

오랜만에 들른 전진기지에서 융숭한 대접을 하면 그걸 즐길 줄만 알았다.

언제고 이서영이.

"헤헤, 폭탄이에요!"

하고 새로운 작전을 시행할 준비를 하고 있다는 건 생각도 못 한 채로 말이다!

그리고 우리는 이내,

끼이이이익—

"드디어!"

"오오오오오!"

부산으로 내려갈 때보다는 좀 더 수월하게, 서울에 거의 가까운 경기 남부에 도착할 수 있었다.

도착지는 아주 자연스럽게도 스승의 집이었다.

* * *

의뢰를 하고, 준혁이의 일까지 돕고서 돌아오니 스승의 집은 너무도 오랜만에 보는 기분이었다.

실제 시간도 많이 흘러가기는 했지.

그래도 스승은 여전한지, 아님 관리가 잘 돼서인지 저택은 여전히 전과 같았다.

'이제는 여기가 집 같다니까.'

전에 구한 그 집은 대체 언제 들어가 봤는지. 아마 가면 먼지가 쌓여 있지 않을까 싶을 정도다.

그래도 이곳 저택이 매우 크고, 아름답지 않은가!

이왕 머무를 수 있는 김에, 머물러 놓는 거다. 언젠가는 나가야 하는 때도 오겠지.

다만 스승의 집에 이 많은 인원을 다 들이는 건 예가 아닌지라.

"자자, 다들 고생했다. 숙소 미리 잡아 놨으니까 잘 들어가라고!"

"예!"

"웃. 저희는 안 되는 겁니까?"

"에이, 스승님 집이에요 여기. 안 된다고요."

미리 잡아 놓은 숙소로 다들 보냈다.

신상철을 포함한 몇몇은 이런 저택에 머무를 수 있나 내심 기대를 한 거 같기는 하다.

'그 심정 이해하지.'

그래도 어쩔 수 없는 일.

아쉬움을 달래는 그들을 전부 숙소로 보내는 건 당연하디당연한 이야기였다.

"저도 다녀올 곳이 있어서. 다 처리하고 보죠."

"아무렴요!"

정우혁까지 일이 있어서 같이 들어가지는 않고.

"갈까요?"

"예!"

남은 건 나와 이서영. 둘뿐이었다.

부산으로 내려갈 때보다는 올라올 때가 좀 더 수월한 길이긴 했다지만, 여정의 피곤함까지는 어쩔 수 없었다.

그녀나 나나 꽤 피곤하단 소리다. 그런데도.

'이뻐.'

상투적으로 표현하자면, 이서영의 미모는 되려 더 빛이 나고 있는 느낌이다.

피곤한데 초췌해지기는커녕 더 빛나는 느낌이라니.

'거기다 점점 더 강해지고 있지. 대단하단 말야.'

나나 이준혁 같은 놈들 때문에 묻히기는 했지만, 그녀의 성장도를 보면 다른 의미로 괴물은 괴물이다.

그러니 내 손발이나마 같이 맞춰갈 수 있는 거 아닌가 싶다.

어쨌거나, 이쁘면 됐다!

괴물로 볼 필요도 없이.

"헤헤……."

"좋아요?"

"……음. 비밀입니다."

이렇게 고운 손으로 내 손을 잡아주는데, 어찌 좋지 않을 수가 있으랴.

그녀와 함께 모든 걸 처리하고, 가벼운 발걸음으로.

띵동—

저택의 벨을 눌렀다.

"에잇! 그 손 놔요!"

오랜만에 보는 한서은이 나온다. 그녀도 이서영과는 다른 의미로 빛이 나고 있었다.

'섹시해졌네……'

이서영이 빛이 난다면, 한서은은 보지 못하던 사이에 더 섹시해진 느낌이다!

농염해졌달까!

내 시선을 느꼈다.

"후후, 어서 손 놓고 들어와요."

그녀가 농염한 미소를 지으며 은근히 다가와서는 안내를 해준다.

꽤나 요란하게 들어온 스승의 저택. 그런데 그 스승의 저택에는 아쉽게도.

"엑? 전화로 미리 연락해 놨는데요?"

"급한 일이었어요."

스승이 없었다.

며칠이기는 하지만 스승이 오기를 기다려야 한다고 했

다.

'제길…….'

그녀를 보게 되면 새로운 것들 아니, 그동안 알지 못하던 여러 가지를 들을 수 있을 거라고 잔뜩 기대를 했는데!

그게 적어도 며칠은 기다려야 한단다.

일이 꼬이게 되면 열흘도 걸릴 수가 있다고 하니, 이 무슨 말도 안 되는 상황인가!

"헤헤…… 그래도 금방 오기는 할 거예요. 기환 씨를 위해서 준비한 것도 있는 걸요?"

"큼큼, 그래요? 그거 기대는 됩니다!"

그래도 착한 내가 참아야지 어쩌겠는가.

결코! 절대로!

한서은이 농염한 표정을 짓고 다가와서 넘어가는 그런 건 아니었다. 아마도?

*　　*　　*

그날 밤.

"어디 가볼까?"

한서은이 만들어 준 요리를 오랜만에 대접받고서는 저택의 한 곳을 또 향해 갔다.

얼굴이라고는 코빼기도 보이지 않는 그를 찾아서였다.
'대체 뭘 만드는 거래.'
어여쁜 메이드, 아니 딸을 두신 장인 어른 한철은.
콰아앙— 콰앙— 쾅—
전투를 벌이는 건지, 무구를 만들어내는 건지 모를 엄청난 굉음을 내고 있었다.
'미쳤군······.'
아예 출입 사절이라는 푯말을 입구에 걸어 놓고서는 작업에 열중하고 있다.
그 모습이 예사롭지 않았다.
집중된 눈빛과 몸짓에 혼이 실려 있었다.
무구를 만드는 데 있어 아무것도 모르는 내가 봐도 감히 평가할 엄두가 안 날 만큼, 그의 작업에는 경건함이 실려 있었다.
'방해도 못 하겠군.'
어지간하면 이번에 얻은 것들을 처분하려 나섰을 테지만, 적어도 지금은 그러지도 못하겠다는 생각이 들어 물러났다.
'애들한테는 쉬어두라고 했는데.'
의뢰에서 돌아오고 나면 금방 정리를 하고, 많은 걸 들을 수 있을 거라 생각했다.

나름 의뢰도 잘해 냈으니 그럭저럭 성공한 헌터처럼 보이지 않을까 하는 생각도 했다.

그런데 현실은.

"할 일 없는 백수 같잖아?"

막상 일을 다 끝내고 와도, 달라진 건 없이 그대로인 느낌이다.

마치 수험생이 수능만 치고 나면 인생이 달라질 거 같았는데, 막상 치고 나면 달라진 건 아무것도 없이 내일이 오는 거와 같달까.

약간은 허무함이 느껴져서 멍을 때리고 있으려니.

'아니. 가만?'

머리에 스쳐 지나가는 게 있었다.

이왕이면 스승에게 조언을 구하려고 했지만, 어차피 내 힘과 관련된 일이었다.

꼭 그녀가 있지 않다고 하더라도, 당장 실현을 함에 있어 문제는 없다 여겨졌다.

"해 보자."

발걸음을 옮겼다.

과거엔 나랑은 어울리지 않는 곳이라 여겼지만, 지금은 가는 데 전혀 어색함이 없는 곳.

수련장을 향해서였다.

＊　　＊　　＊

어둡디어두운 조명.

은은한 조명이 비추고 있었지만, 아늑한 분위기라기보다는 어둡고 음습하다는 느낌이 딱 어울리는 곳이었다.

딱 이곳에 있는 자의 취향을 대변해 주는 인테리어가 아닌가 싶었다.

그 한가운데, 자리를 지키고 있는 노인. 아니, 얼마 전까지만 하더라도 노인이기 이전에 정정했던 모습을 가졌던 자.

이제는 급속히 제 나이에 맞게 늙어가는 자가, 추한 꼴을 하고서 소리친다.

"아직도야!? 아직도냔 말이다!"

"근래에 왔다는 소식은 들었지만⋯⋯ 장소가 장소인지라. 거기다 알아낸 것이 너무 적습니다."

"알아낸 것이 뭐가 중요하다고!"

계속되는 외침. 아니 늙어가는 자의 추레함이라고밖에 말을 더 못하겠다.

한때는, 아니 얼마 전까지만 하더라도 우리나라 제일가는 헌터들 중에 하나로서 호령을 하던 그치고는 너무 변해 버렸다.

단 몇 달 사이에 일어난 변화기에 주변에서조차 당황을 할 정도였다.

"······작업은 계속해. 그놈이 안 되면 다른 놈이라도 찾아. 다 찾으란 말이다!"

"네!"

그래도 아직 그에게 힘은 조금 남아 있었다.

그 힘이 불어날 수 있을지, 그대로 사그라들어 그의 목숨마저 거둬갈지는 지켜보아야 할 터.

김기환도 모르는 사이 오래전부터 김기환을 향하던 암수가 그 속도를 더해가고 있었다.

"크흐······."

늙고 추레해져 가는 노인의 발악과 함께.

그 시간에 김기환은.

"오오!"

새로운 곳을 향해 또 나아가고 있었다.

*　　*　　*

폭발.

내 최대의 화두다. 어울리지도 않지만.

화아악—

온몸에 불을 일으킨다. 은은하게.

'계속해서 유지해야 해.'

힘의 소모도를 생각해야 했다.

그러니 하루 종일이라도 할 수 있을 정도로 은은하게 피울 뿐이었다. 딱 필요한 만큼이다.

그 상태로 검을 휘두르기 시작한다.

은은하게 불에 타오르는 가운데에서도, 검은 여전히 번쩍거린다.

한철은 처음 검을 만들 때 무슨 짓을 한 걸까.

몇십, 아니 몇백에 가까울 적을 베어 갔음에도 한철이 만들어 준 검은 여전히 빛이 나는 것이 예사롭지 않았다.

그 검을 내 몸이라 여기며 휘두른다.

사제의 검에 비해서 부족하기 그지없는 검이지만 혼신을 다한다.

내가 자주 하던 자세를 취하고, 휘두르는 것을 반복한다.

아래에서 위로. 기이한 사선이 그려진다.

리듬을 가진다.

하나— 둘. 하나— 둘.

검의 움직임에 따라 같이 움직이는 불은 마치 꼭 춤을 추는 것 같이 눈을 홀린다.

 숨 쉬는 것처럼 자연스레 휘둘러진다. 다른 자세는 몰라도 적어도 이것만큼은 내게 있어 최상의 자세였다.

 '좋아.'

 딱 지금!

 휘두름 가운데 타이밍이 온다.

 "……하앗!"

 참았던 심호흡을 내뱉는다. 그 순간 검을 은은하게 감싸고 있는 불과 함께 내 팔에 맺혀져 있던 불이 동시에!

 파앙—

 폭발해버린다. 내가 원하는 대로.

 쉐에에에엑—!

 검이 아래로 휘둘러질 때 위에서 터진 폭발. 순식간에 검의 속도가 더해진다.

 "웃……."

 콰앙!

 너무 빨랐나. 검이 그대로 바닥에 부딪쳐 버렸다.

 조절을 한다고 했는데, 속도가 정확히 조절이 안 됐다. 너무 셌다.

 '세밀함이 없어서 그래.'

 내 생각대로라면 딱 필요한 만큼이어야 했다. 원하는 대로만 검이 휘둘러져야 했다.

 그동안은 힘을 무조건적으로 증폭을 하는 데에만 집착을 했다.

 더 강한 파괴력. 더 강한 힘. 모두를 압살할 수 있는 힘.

 그게 내 모든 집착이었으며 화두였다.

 하지만 이제 와서는 우습게도.

 '약하게 해야 하는 거지.'

 필요한 만큼만 해야 했다. 세밀해지게 되면, 폭발의 힘과 함께 검을 사용할 수 있게 될 거다.

 그리되면 모순되게도 사용하는 힘은 적어지는데 검의 위력은 강해질 거다.

 폭발과 함께하는 검은 분명 빨라질 테니까. 또한.

 '내 생각대로라면……'

 단순히 속도만 빨라지는 것이 아니라, 다양한 방면으로 응용을 할 수 있을 것이다.

 지금 이 순간 가장 잘하는 자세로 계속해서 연습을 하는 것의 목적은 단 하나.

 앞으로 나아가기 위해서였다.

 나만의 검술을 만들어갈 뿐인 거다.

 "다시!"

 그러니 또다시 검을 휘두른다.

이곳 저택에 돌아와서 내내 했던 대로.

그런데.

짝짝짝.

왜 나만 있어야 하는 곳에서 박수 소리가 들려올까.

'오신 건가.'

이 밤에 올 자는 몇 되지 않는다. 특히 이 저택에선 더 그랬다.

난 바보가 아니기에 반쯤은 예상을 하며 뒤를 돌아봤다.

"오셨군요."

"후후, 안 놀라는 거야?"

"바보는 아니니까요. 여기 올 사람이 몇이나 된다고요. 특히 박수칠 사람은 더더욱 없죠."

"……칫. 놀리는 맛이 점점 적어지네. 제자?"

그래. 그 사람은 스승이었다.

무엇을 하고 온 건지, 묘하게 기운이 약해진 느낌이 드는 그녀였다.

그럼에도 여전히 나보다 강해 보였다. 아니, 내가 더 강해져서 그리 느끼는 걸지도 몰랐다.

'전에는 기운도 못 느꼈으니까.'

스승인 이송아의 기운을 느낄 수 있다는 거 자체가 내가 성장했다는 증거가 될 거다.

"언제 돌아오신 겁니까?"

"방금 전에. 제자가 여기 있다고 해서 왔을 뿐이야. 잘했지?"

"예."

얼마나 자신이 고생을 했었다느니, 그 사이 여러 가지로 바빴다느니 이런저런 이야기를 꺼내는 스승이다.

그 이야기가 꽤 길었다.

하지만 막상 내가 원하는 이야기는 나오지 않았다.

'어쩔 수 없나.'

역시 순순히 이야기하고 싶지는 않은가 보다. 나는 스승의 말을 끊었다. 예의가 아니었지만 그만큼 급했으니까.

"스승님, 이제 슬슬 본론으로 들어가지요."

"……역시 듣고 싶은 거지?"

"언제부턴가 저도 얽혀 버렸으니까요."

내 단호함에 그녀가 어쩔 수 없다는 표정을 짓는다.

"휴우. 어쩔 수 없나. 단, 나도 제약이 있어서 모두는 안 돼. 그래도 최대한 말해 줄게."

"……예."

오래전부터 듣고 싶었던 것.

그것에 대한 이야기가 그녀로부터 흘러나왔다.

＊　　＊　　＊

　이야기는 길었다.

　이야기를 다 들었을 때에는 한밤중이던 때가 어느덧 동이 터서 아침을 밝혀오고 있었다.

　"하……."

　별거 아니라면 별거 아니고, 복잡하다면 복잡한 이야기.

　그 이야기를 들으니 내 머리도 복잡했다.

　비척비척 걸어서 내 방이나 다름없게 된 방에 들어섰다.

　어떤 상황에서든 눈에 띄던 벽의 벽화들도 무시한 채로 침대에 앉고 봤다.

　"별거 아니라면 아닌 건데…… 복잡하군."

　내가 오래전 흡수했던 '그것'.

　그것이 어디서부터 나왔는지는 스승도 연원을 모른다고 한다.

　알아내려 평생을 바치고 있는 자도 있지만, 그도 어떤 신적인 존재가 남긴 것이 분명하다고만 할 뿐 그 외에는 알 수도 없단다.

　몬스터들조차 어떤 이유로 인해서 오는 것은 분명하나, 그 이유는 불분명하다던가.

　단지 몬스터들이 쳐들어오게 되니, 어떤 존재가 그로부

터 우리를 지키기 위해서 던져준 게 '그것'일 수도 있다고 한다.

그리고 그것의 존재를 아는 자들은 '그것'을 각성체라 한다던가.

웃긴 건, 여기서부터였다.

그 각성체라 하는 게 사람 한정이 아니란 게 문제란다.

몬스터가 흡수하면 몬스터에게도 힘을 준다나. 그리곤 새로운 개체를 만들어내기도 한단다.

이번에 생긴 짜가클롭스도 그런 경우로 생긴 몬스터라나.

아니면 몬스터들의 영역을 늘리기도 한다더라.

몬스터가 홀리듯이 모여들기도 하고, 어디서 튀어나왔는지 모르게 튀어나와 게이트 주변을 차지하고 막는다나?

게이트 자체도 한 번에 여럿이 생기기도 하고, 하나만 생기기도 하는 랜덤.

아는 거보다 모르는 게 더 많다.

그러니 지금까지 안 것이 전부가 아니다. 아직 밝혀져야 할 게 많다. 단지 몬스터와 관련됐다는 게 중요할 뿐.

거기다.

"……이걸 얻으려고 같은 사람도 죽인다 이거지."

이 각성체를 위해서 사람은 예삿일로 죽이는 경우도 많

다고 한다.

그도 아니면 각성체를 얻은 자를 이용하려는 자들도 다수라던가.

다만 각성체가 사람을 가려서, 얻어도 죽는 자가 나올 확률이 더 높단다.

그 던전으로 통하게 하는 게이트도 통과하더라도, 각성체와는 전혀 상관없는 곳으로 떨어지기도 한다나?

의뢰라는 명목으로 사람을 모집하는 것도 순수히 사냥에만 목적이 있는 것이 아니라, 실상 랜덤하게 생성되곤 하는 각성체를 얻기 위함이란다. 그 이유에는 여러 가지가 있지만, 가장 중요한 건.

"협약을 위해서랬지."

한국에 있는 자들. 특히 각성체를 이미 흡수한 전대의 헌터들이 다른 나라 헌터들과 가졌던 협약 때문이란다.

이 부분에 대해서는 자세히 이야기를 하지 않았지만, 대충은 눈치챘다.

'누군가 이 각성체의 힘을 독식하는 걸 막으려는 자들이 있는 거겠지.'

그들이 정의로워서 그런 건지, 필요에 의해서인지는 모르겠지만 협약의 내용이 그렇다니 그런 거겠지.

생각보다 그런 각성자들은 은근히 많을지도 몰랐다.

스승이 말하기로 최상급 모두가 그런 경우는 아니라고 했지만.

'정확한 숫자는 몰라도 최상급은 어떤 식으로든 각성체를 가졌을 확률이 높다.'

확실하지 않지만, 각성체 없이 처음 이능력을 각성하게 된 자들은 단지 각성체를 위한 준비 단계인 정도라는 설도 있다 할 정도라니 말 다했지.

꼭이라고는 못하지만 이 각성체라고 하는 게 격외의 최상급과 상급의 헌터들을 가름하는 기준점이 될지도 몰랐다.

그리고 거기에.

"나 같은 찌질이가 끼게 된 거겠지."

근래 들어 각성체가 어쩐 일인지 더 까다로워졌다고 한다.

마치 더 이상 각성하는 건 허락지 않는 것처럼.

이곳저곳에 게이트가 생겨서 사람들을 투입했지만, 각성체가 나오지 않고 죽는 경우도 다수.

실상 내가 지나갔던 게이트에서도 각성체가 나올지는 불확실한 부분이었다고 했다.

가능성은 있어도 확률이 낮았다나.

어쨌거나 이곳저곳에서 몇 번의 시도가 있었지만 모두

실패.

이미 각성체를 흡수하고 최상급이 된 자도 도전해 보았지만, 실패.

게이트 자체를 파괴하려고 해도 실패였단다. 많은 이들이 사라지거나 죽었다지.

덕분에 요 근래 의뢰를 맡는 자들이 쭉 급감했다나. 헌터 관리원에선 그래서 괜히 자원자를 모아서 하는 거고.

차라리 사람을 쉽게 의뢰 시키려면.

"돈이라도 많이 주지. 천만 원만 주니까 다들 안 간 거겠지. 하여간에 있는 놈들이 더해."

돈을 더 주면 될 텐데. 돈을 주지 않고 시키는 것도 웃기다.

"들은 건 많은 거 같은데 아직 걸리는 게 많단 말이지. 알아야 할 게 많아."

퍼즐 조각에서 중요한 조각들은 아직 모으지 못한 느낌이다.

이게 핵심이다.

'아직 모자라도 너무 모자라.'

각성체. 정보가 더 필요했다.

알려지지 않은 게 너무 많다. 그만큼 각성한 헌터들이 통제를 잘하는 걸지도 모른다.

그것들에 대한 모든 정보를 다 얻는다면, 아니 적어도 몇 개나 되는지도 모를 퍼즐 조각을 맞추면 그때 '진실'에 다가갈 수 있게 될 거다.

내가 각성을 하고 궁금해했던 것들.

이상하게 돌아가는 이 나라, 아니 이 세계의 진실에 조금이라도 다가갈 수 있겠지.

"흐으…… 복잡한데. 그리고 거창해."

찌질한 헌터에서, 최고의 헌터, 더 강한 헌터를 겨우 꿈꾸고.

이제 와서는 길드. 그리고 그 이상을 가 보겠다고 '선택'을 한 나인데도.

오늘 들었던 진실이라고 한 것을 마주하니 너무도 큰 세계를 보게 된 느낌이다. 알지 말아야 할 걸 알게 된 느낌이랄까.

그렇다고 무섭거나 겁나지는 않았다.

언젠가 알게 되어야 할 진실의 한 조각을 알게 되었다 생각을 할 뿐이었다.

종류도 많고, 알아야 할 것도 많은 '각성체'의 진실 중에 한 조각이나마 얻은 게 어디인가.

이 세계는 내가 태어나고 자랐지만 너무도 복잡한 것이 많이 숨겨진 듯하다.

다들 그 일부만을 알고 있을 뿐인 느낌.

거기다.

"뭐 당장은 그게 중요한 게 아니지."

나는 아직 그 거대한 것에 대해서 탐구하기 이전에 알아야 할 게 많았다.

처리해야 할 것도 많았다.

그러니.

"복잡한 건 우선 뒤로 미뤄둬야지."

잠시 묻을 생각이다.

눈앞에 닥쳐 있는 것, 내 목표를 향해 달려나가는 걸로도 우선은 바빴다. 그러니 각성체에 관한 건 마지막.

이제는 슬슬 바로 앞에 있는 다음 단계를 위해서 걸음을 옮길 차례일 뿐이다.

그다음 차례라고 하는 건 역시 하나.

"갈증."

내게 부족한 것들. 끊임없이 갈증을 주는 것을 채우러 가야 했다.

밤을 새웠음에도 피곤함은 느껴지지도 않는다.

다만 진실을 한 조각 얻었음에, 내가 그 정도는 들을 자격을 얻었다는 것에 작은 만족감을 느끼고 음미할 따름이다.

그리고 더 얻기 위해서. 더 많은 것을 채우고자 바로 몸을 움직였다.
작은 조각을 얻은 발걸음이 가볍기만 했다.

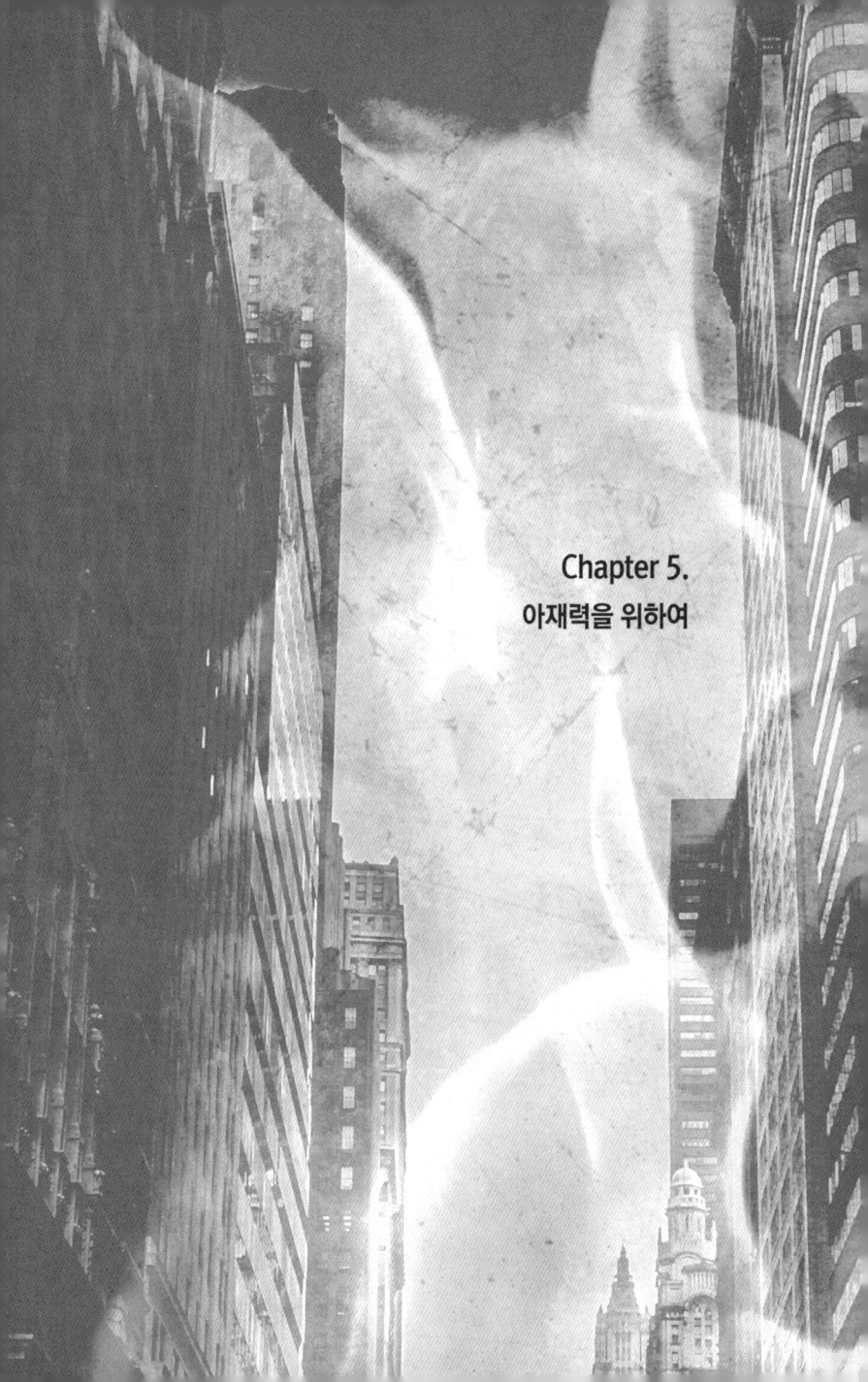

Chapter 5.
아재력을 위하여

신상철이 한서은을 향해서 척 고개를 숙인다.
그리곤.
"구면이니 결혼합시다!"
청혼이라니!
하여간에 저 양반도 긴장감 너무 없지 않나!
잔뜩 쏘아줬다.
"아, 개소리 말고! 집중해요. 이제 곧 튀어나갈 때니까!"
"쳇. 알았습니다."

신상철 저 양반. 그리고 그 주변으로 같이 온 양반들은 어째 가끔 체통을 지키지 못할 때가 있다.

나이대가 좀 있는데도, 어마어마한 아재력과 함께 어디서 이상한 말을 잘도 배워 온다.

아니, 만드는 건가?

저 양반들. 아재 개그를 넘어서는 뭔가가 있다.

'하여간에…… 쯧.'

평상시야 분위기 메이커나 다름없으니 냅두지만, 사냥에서까지 그러면 쓰나.

나중에 어디 가서 혼쭐을 내 줘야겠다.

'아니 혼쭐도…… 왠지 옛날 단어 같아. 아재력이 옮나.'

흐. 괜히 나까지 아재력이 올라가는구나라고 생각하며 앞을 주시했다.

"크으……."

"곧 끌린다. 조금만 참아!"

마귀마(魔鬼馬).

중국에서 처음 발견해서 이름이 붙여진 몬스터다.

말의 형상을 하고 있는데, 그 크기는 최소 보통 말의 두 배 이상.

말발굽은 속성 공격을 내포하고 있다. 날카로운 발톱이 없어도 말발굽이 곧 무기다.

아 물론, 뒷발차기도 조심해야 한다. 뒷발에 맞으면 어지간한 탱커라도 날아간다.

위기 상황에는 가끔 입을 통해서 열기를 뿜어내는데, 이게 꽤 강했다. 쉽게 말해 브레스 공격이 필살기.

'그래 봐야 나한테 화염은 무리지.'

지랄 맞은 성격 덕분에 지옥마라는 별명도 있는 놈이다.

말머리를 가진 놈들답게 무리 생활까지 한다.

그나마 대여섯씩 무리로 다니는 게 다행일 정도. 보통 말처럼 수십씩 몰려다니면 더 힘들 거다.

그래도 상대하기 까다로운 몬스터인 건 변함없다.

그 마귀마들을 상대로 탱커들이 열심히 몸을 대고 있었다. 어그로를 끌어야 해서였다.

'꽤 걸리네.'

말이 의외로 똑똑하다는 걸 증명하는 건지, 말머리를 하고 있는 마귀마가 이리저리 반항을 하면서 어그로가 제대로 안 끌린다.

주변에 대기하고 있는 우리를 신경 쓰고 있는 거겠지.

그래도 대기하고 또 대기했다.

이번 사냥은 오랜만에 나온 공격대 사냥이다.

거기다 신규 공격대원도 추가된 사냥이었다.

내가 혼자 나서면 처리는 쉬워지겠지만, 공격대원들의 실력 향상에는 도움이 안 된다는 말도 있었다.

그러니 이러고 대기하고 있는 거다.

얼마나 기다렸을까.

―히아아아앙!

마귀마가 투레질을 하면서 탱커들에게 몸통 박치기를 시전한다.

"크으으읏. 됐다!"

"어그로 끌렸어!"

앞뒤 가리지 않고 미친 말처럼 날뛰기 시작하는데, 그 모습이 지옥견이라는 비글 못지않았다.

제대로 어그로가 끌린 거다. 그게 신호였다.

"다들 튀어 갑니다! 원거리는 준비한 공격 바로 넣고!"

"오케이!"

원거리 딜러들을 지휘하는 마동수가 내 명령을 받든다.

날뛰는 마귀마에게 날아가는 원거리 공격들.

그와 함께.

"커흠! 어디 오늘도!"

"긴장 탑시다!"

나를 비롯한 근거리 딜러들이, 원거리 공격들과 함께 쏟아져 나간다.

―크르릉!

비글처럼 날뛰는 주제에 소리는 귀여운 소리를 내는 마귀마.

탱커들을 향해서 열심히 발길질을 날리며, 눈치를 본다. 뒤로 돌아서 뒷발차기 한번 날리려는 기세다.

"어딜!"

화아아악—

더 시간을 끌기 전에 하체의 불길들을 폭발시키며 튀어나갔다.

공격대원들이 실력이 오르는 것도 좋지만, 부상을 당해서야 쓰겠나!

―크라라라락!

뭐지? 나를 향해서 순식간에 쏘아져 오는 브레스!

'어그로 꼬였잖아.'

순식간에 날아드는 화염의 브레스가 적중한다.

놈으로서는 회심의 공격이었던 거 같은데.

"병신마네!"

나에게는 되려 속도를 더해주는 힘이었다. 이 상황을 노리고 마귀마를 사냥하려고 온 것도 있었다.

놈의 브레스를 시원스레 맞으며 몸에 힘을 더했다.

그대로 가로로 길게 베는 횡베기.

파앙!

폭발의 힘이 실려 순식간에 마귀마의 목에 내 검이 작렬한다. 브레스를 날린 마귀마의 목이었다.

카아아앙!

단단한 피부를 가졌는지 순간 쇠와 쇠가 부딪치는 소리가 난다. 하지만 이내.

콰즈즈즈즉—

단단하면 부러진다는 걸 증명하듯 순식간에 쪼개어지기 시작하는 마귀마의 목!

목이 그대로 갈라져 버리기 시작한다.

마치 참수를 하는 것처럼!

"하나 처리! 다음도 노려!"

시원하고 깔끔한 한 방.

마귀마 하나 쓰러트리는 거지만 기세는 순간적으로 이쪽으로 왔다.

순간 내 옆을 스쳐 지나가는 인형이 있었다.

"이쪽도 갑니다!"

"얼마든지!"

신상철이었다. 역시 빠른 편이다.

그와 함께 온 딜러들도 어그로 끌린 다른 마귀마를 상대로 달려들기 시작한다.

나나 그보다는 뒤늦었지만, 충분히 빠른 속도였다.

"발 맞춰 줘!"

"밀어 붙여!"

탱커들이 그들에 발 맞춰 마귀마 무리를 더 압박하기 시작한다.

그 안을 휘젓기 시작하는 딜러들.

치열하지만, 공격대의 전투다운 전투가 제대로 벌어지고 있었다.

전에는 내가 원맨쇼만 했다면, 이제는 전투대원들도 실력이 조금씩은 올라 제대로 된 사냥이 이뤄지고 있는 거다.

마귀마들에게는 재앙이겠지만 내게는 흐뭇한 광경이다.

그 모습을 잠시 바라보다.

'나도 제대로 날뛰어 볼까.'

나 또한 날뛰기 시작한다.

오늘 하루도, 공격대로서의 사냥이 아주 제대로 이뤄져 가고 있었다.

*   *   *

'잘되고 있는 거 같은데……'

공격대 규모를 늘리고는 처음 있는 사냥이었다.

손발을 맞추고자 하는 의미도 있었지만, 공격대답게 움직이고자 하는 마음이 더욱 컸달까.

공격대장인 나의 주도권이 큰 거야 어쩔 수 없는 건 안다.

그래도 사냥이 내 원맨쇼로 끝나는 게 아니라 공격대가 합심해서 이뤄지기를 원했다.

특히나.

"저 애들은 어때?"

"흠…… 시험해 봐야죠."

그날 밤새 길고 긴 설명을 해 줬던 스승 이송아.

그녀가 새로운 애들이라고 데려온 공격대원들이 있어서 더욱 이런 식의 사냥을 해야만 했다.

스승은 대체 어디서 저런 아이들을 잘도 데려오는 건지.

"잘 부탁드리겠습니다!"

"열심히 하겠습니다!"

실력도 실력이지만, 의욕도 만반인 헌터들을 잘도 데려와 줬다.

헌터들을 데려오는 걸 보면 운이철이 없다고 하더라도 헌터 관리원에 어떤 선을 가지고 있는 게 분명했다.

'뭐, 그게 중요한 게 아니지. 스승이 데려온 애들이란 게 중요한 건데.'

그날 밤 설명을 해 주기로, 스승의 능력은 대체적으로 '관찰'에 관련된 거였다.

쉽게 말해 내가 '포식' 능력자라면 그녀는 '관찰' 관련

능력자인 거다. 제대로 된 이름은 비밀이라 그녀도 말을 안 해 줬다.

어쨌든 그런 그녀가 보증을 해 줬으니 제대로 된 실력자인 건 분명했다.

그래도.

"쟤들 내가 봤을 때 제대로 된 물건들인데도? 시험할 거야?"

"안 할 수는 없죠. 형평성을 맞춰야 하니까요."

시험을 안 할 수는 없었다.

시험을 보고 공격대에 들어온 다른 자들을 생각해서라도 시험은 치러야 했다.

'나도 스승한테 그런 식으로 배웠으니까.'

자신이 애써 구해 온 헌터들을 시험하는 건데도,

"성장했네, 제자."

스승은 단지 웃음을 지어 보이고는 알아서 하라 말할 뿐이었다.

해서 그녀가 데려온 자들도 시험을 치르게 했다.

"……죄송합니다."

"저랑은 안 맞는 듯한데요."

그들로서는 당연하게도 마음에 안 드는 듯했다.

어디서나 대우를 받는 게 헌터인데, 거대 길드도 아니고 이제 막 만든 신생 공격대의 대장인 내가 대우는커녕 시험을 하니 더 마음에 안 들었을 거다.

그들도 나름 스승의 기준에 들 만큼 괜찮은 실력을 가졌으니, 자존심도 더 셌을 거고.

그런 자들이 떠나가도 아쉬워할 건 없었다.

그렇게 해서 얻은 자는 다시 넷.

모두 억척스럽게 시험을 하고, 자존심을 깎다 못해 굴복시켜서 얻은 자들이었다.

그리고 신상철을 포함해서 부산에서 얻었던 공격대원이 여섯이었다.

'순식간에 두 배로 불었어.'

본래 있던 공격대원까지 합하면 무려 스물이나 되는 수가 된다. 나까지 스물하나.

여기에.

"헤헤, 저도 이제는 껴도 된다고 하던걸요?"

"한서은 씨가요?"

"네! 기환 씨 실력도 올랐으니까요. 드디어 허락받았다구요? 헤헤. 싫어요?"

"아니, 아닙니다."

스승의 딸이자 제자인 한서은도 추가가 됐다.

그동안에야, 내 실력이 완전히 성장했다고는 볼 수 없어서 끼지를 못했다나?

공격대의 대장은 나인데, 내가 아닌 그녀의 실력이 최고이게 되면 공격대장으로서 체면이 안 서니 안 꼈단다.

근데 내가 보기에는.

'아직 그녀 실력이 좀 더 높은 거 같기도 한데······.'

아직인 거 같은데도 껴 버렸다.

그녀가 웃는 낯인 데다가, 오는 여자 막지는 않는, 아니 오는 실력자 막지는 않는 나이지 않은가!

"한서은 씨도 시험은 봐야 하는데요?"

"에? 계약서도 이미 미리 써 왔는걸요!?"

"그래도, 후후, 시험은 봐야죠. 계약서만 시험은 아니라구요?"

"칫."

그녀이기에 더욱 무지막지한 시험을 보게 하고는 받아줬다.

그렇게 순식간에 만들어진 공격대의 숫자가 스물둘.

두 배는 더 불어 버린 상황에서 나온 공격대의 원정은.

"꽤 만족스럽단 말이지."

"뭐가?"

"사냥 말야. 제대로 잘되고 있잖아. 전보다 센 거 잘 잡으면서 피해도 거의 없다고."

"그건 그렇지. 흐흐. 와, 저기 또 정석 나왔다!"

허웅도 만족하고, 공격대원들의 얼굴에도 웃음꽃이 피기에 충분한 성과를 내고 있었다.

내가 힘을 아끼는 것도 있겠지만, 나 혼자만 튀지도 않고 모두가 손발을 맞추며 조화롭게 사냥이 이어지고 있달까.

처음 나 혼자 죽을 둥 살 둥 할 때보다는 훨씬 나아진 모습이었다.

'자리를 잡아가고 있어.'

이 속도면 좋다.

아주 빠르지는 않지만, 느리지 않은 이 속도대로라면 꿈에 한 걸음씩 나아가는 데는 문제가 없다 느껴지는 그 찰나.

"야야. 근데 생각은 해 봤냐?"

"뭘?"

성격 급한 허웅이 또 새로운 제안을 해 왔다.

전투에만 몰두하는 나보다는, 의외로 다른 곳에 세심한 허웅이기에 할 만한 새로운 제안이었다.

* * *

"이제 슬슬 사무실이나 숙소라도 가져야 하지 않겠냐.

숙박료도 장난 아니라고."

허웅이 꺼낸 이야기는 시의적절했다.

공격대원이 쓰는 숙박료는 공격대에서 내준다.

일종의 복지다.

근데 이게 사냥터 기준으로 이인 일실로 넣어도 한 방에 못해도 10만 원이다.

좀 쓸 만한 곳은 15만 원도 넘는다.

이인 일실로도 열한 개는 빌려야 하니, 이게 보통 돈인가.

열한 개 빌리면 쉽게 말해 110만 원에서 165만 원은 나간다.

여기에 식비도 내줘야 하고, 여러 가지로 나가는 잡비 같은 게 있다.

'계산하고 보니 어마어마하긴 하네.'

그럼 하루 넉넉잡아 200씩은 나간다는 소리다.

몬스터 무리 하나 잡으면 그 정도 돈이야 쉽게 벌지 않은가.

사냥터는 숙소에서 자는 게 당연하니 생각도 안 했었다.

그래도 막상 계산하니 어마어마한 돈이다.

거기다 스승도.

"이제 슬슬 짐꾼도 데리고 다니는 게 좋지 않겠어?"

"짐꾼요? 딱히…… 필요는 없던데요."

"없어도 되긴 하지만 최하급 헌터들도 먹고 살아야지."

"그래요? 그건 진짜 몰랐는데요."

"다들 그래서 데리고 다니는 것도 있다구? 같은 헌터끼리 챙기는 거지. 지금은 변질이 좀 됐지만……."

이제는 슬슬 짐꾼을 데리고 다니는 것도 종용하기는 했다.

스승도 위험한 곳이야 어쩔 수 없는 걸 이해하는 듯하긴 했다.

하지만 그럭저럭 공격대가 자리를 잡으면 데리고 다녔으면 하는 기색이었다.

'최하급 헌터라…….'

나도 얼마 전까지만 하더라도 최하급 아니었나.

짐꾼밖에 못하는 삼 초 고자 짐꾼이었지.

그러니 그들의 마음을 안다.

그리고 이제 알지 않았나.

최하급 헌터를 짐꾼이라고 데리고 다니는 것도, 어쩌면 상급의 헌터들이 챙겨주는 방식일지도 모른다는 걸 말이다.

뭐 실제로야 좀 변질이 돼서.

'폼 잡거나, 괴롭히려고 데리고 다니는 자식들도 다수기

는 했지만…….'

다른 이유로 데리고 다니는 이유도 있긴 했다.

내가 직접 당하기도 했고.

어쨌든 헌터라는 이유로 다른 곳에 취업하기도 힘든 최하급 헌터에게는 짐꾼도 좋은 일일 수 있었다.

'당장은 그게 문제가 아니긴 하지.'

짐꾼에 대한 거야 일단은 생각만 해 두자.

당장 중요한 건 숙소 겸 사무실이다.

하루에 이백씩은 나가는 어마어마한 돈을 조금이라도 줄일 수 있다면 줄이는 게 좋았다.

거기다 공격대로서 당연한 일이기도 한 터.

'떼어 가는 게 있으니 당연한 이야기기도 하지.'

사냥을 할 때마다 공격대에서 떼어가는 돈이 꽤 크다.

우리 공격대는 무려 오 할.

사냥해서 번 돈이 1억이면 오천은 공격대로 들어간다는 소리다.

어마어마하지?

거대 길드는 더 떼어 가는 곳도 있다.

우리는 공격대치고는 많이 떼어 가기는 한다. 보통 공격대가 많아야 사 할이기는 하니까.

'많지. 충분히. 그래서 계약서 쓸 때 거절하는 애들도 꽤

있는 걸 거야.'

그래도 잘나가는 공격대나 길드에 사람이 몰리는 이유는 둘이다.

안전과 돈.

오 할을 떼어 가도 모여서 잡으면 더 강한 걸 잡을 수 있지 않나?

거기다 모이니 더 안전해지기까지 한다.

파티로 사냥할 때보다 안전하고, 더 강한 걸 잡아 오 할을 떼어 줘도 더 돈이 남으면 모이는 게 당연하지 않나.

결국 현실적인 이유로 모이는 거다.

파티를 할 때보다 돈을 더 벌 수도 있고, 안전도 보장되니까.

의리로만 모이는 게 아니란 소리다.

우리는 개개인이 구해야 하는 장비까지 구해 주지 않나.

사실 오 할도 적은 거라면 적은 거기도 했다.

"흐음…… 그래도 안 할 수도 없고."

복지는 생각해 줘야 했다.

생각해 보면 나야 스승의 저택에 머무른다지만, 다른 이들을 언제까지고 숙소 생활이나 하게 할 수는 없었다.

숙소가 꼭 나쁜 것은 아니겠지만, 제대로 자리 잡은 곳만 하겠는가.

슬슬 제대로 된 터를 잡을 시기이기는 했다.

의뢰금을 받아 놓은 덕분에 돈도 넉넉했다.

그래도 돈이 꽤 나갈 걸 생각하면 속이 쓰리긴 하다.

'거참……. 내가 이런 고민을 할 때가 오다니.'

이게 직원 복지를 생각하는 사장님의 마음인가!

공격대 돈은 공금이고 줘야 할 돈인 걸 아는데도, 솔직히 아깝기는 하다.

크흐. 장비를 마련할 때도 개고생해서 마련해 줬는데!

내가 기여한 게 많기는 한데! 목숨 걸고 재료도 얻고 다녔는데도!

'그래도 어쩔 수 없지.'

내가 당하고 살지 않았냐.

헌터계에서 을 중의 을이 나였다.

제대로 대우를 받지 못해 사람이 있는 능력도 제대로 발휘 못 하는 거, 충분히 겪었다.

아등바등 올라오면서, 나 하나라도 제대로 된 놈이 되자고 마음먹지 않았나.

모두가 함께 가기로 했고.

그러니 하려면 제대로 해야 했다.

"야, 허웅."

"어?"

아무것도 모르는 척 나를 보는 허웅이 왠지 가증스러워 보이는 걸 왜일까.

'저놈이 게임으로 치면 어려운 퀘스트만 주는 놈이야.'

왜, 게임 보면 그런 놈들 있지 않나.

"제 부인의 목숨이 위험합니다! 주변 몬스터를 다 잡고 어서 찾아주세요!"

라고 하면서, 제한시간 10분. 땡!

10분 지나면 다시 시도!

미친 거 아닌가! 지 부인이 위험한데!

그런 미친 퀘스트를 주는 게임 속 npc들과 허웅의 얼굴이 이상하게 겹치는 느낌이다!

공격대를 만들자고 하는 거부터 시작해서 여러 가지로, 상황에 딱딱 맞는 말만 하는 게 허웅인 걸 안다.

그런데도 그게 왠지 속을 쓰리게 하곤 한다.

그래도 말할 수밖에. 제길.

"사무실 알아봐. 숙소 겸해서 괜찮은 곳으로. 돈은…… 신경…… 쓰지 말고. 크흐."

"괜찮냐 너?"

"뭐가……."

"네 표정이 크크…… 안 좋아."

새끼, 웃는 거 보소!?

내 속을 다 아는데도 저러는 거다.

젠장. 당하고만 살 수는 없지.

"아, 물론 우리는 솔선수범하자."

"음? 솔선수범?"

"숙소에서 가장 안 좋은 방은 네 방으로 예약이다, 새 꺄!"

그렇게 한참을 허웅을 놀린다.

"너 이 새끼!"

"푸핫! 좋은 곳을 잡으면 제일 안 좋게 해 주겠어!"

쫓아오는 기세가 어마어마했다.

워낙 빠르게 달려서 머리가 휘날릴 정도다.

안 그래도 벗겨지고 있는 허웅의 머리가 더 빨리 벗겨지는 게 아닌가 걱정이 될 정도!

그렇게 한참, 공격대 근거지에서 놀리고 있는데,

"둘 다 그만해요. 오늘도 사냥 가야죠!"

"네, 넵!"

"……이, 이놈이 그랬습니다!"

"어서요! 체면도 좀 생각해요. 공격대원도 다 보잖아요!"

공격대의 최고 권력자 중 하나인 이서영이 말리니 안 들을 수가 없었다.

"크흐흐."

"……새끼."

어째 허웅이 독기를 품은 거 같기는 하지만, 넘어가도 괜찮겠지? 흐흐.

* * *

사냥을 마무리 하고 얼마 뒤.

"모두 수고했다! 잠시 해산!"

공격대원들은 휴가를 보내고.

"너는 잘하고 와라."

"오케이!"

허웅은 마동수와 함께 숙소를 구하러 갔다. 겉으로는 험상궂어도 일 처리 하나는 똑 부러지는 허웅 아닌가.

걱정이 되거나 하는 마음은 전혀 없었다.

다만, 마음에 걸리는 게 있다면 하나였다. 지금까지 은근 잊고는 있었지만, 잊어서는 안 될 곳이 하나 있다.

'내 집.'

3백에 40만 원 하던 리모델링 원룸에서 넘어가서, 보증금 2천에 65만 원이나 하는 내 집!

비록 월세라고 하더라도, 거실도 있고 내 한 몸 눕기에는 충분했던 그곳이 있었다!

가 봐야 짐도 없는 건 안다.

스승님의 저택이 더 좋은 것도 알고, 숙소를 구하면 대다수는 숙소에서 지내야 하는 것도 안다.

숙소를 나와 봐야 다시 스승님의 저택에서 수련이나 하면서 지내겠지.

그러니 내 2천에 65만 원하는 집에는 자주 갈 일이 없는 걸 안다. 그래도.

'마무리는 해야겠지……'

살지도 않으면서 따박따박 월세를 냈던 것도 억울한데, 안에 있는 짐이라도 잘 가지고 나와야 하지 않겠는가.

있는 고생, 없는 고생에 대출까지 얻어 구한 집인데 가야 했다.

날짜가 남았으니 돈 좀 치르긴 해야겠지만 슬슬 계약이라도 제대로 해지해야 했다.

'……생각해 보니 대출금도 갚아야 하네.'

이래저래 걸리는 게 많구나 생각하며 홀로 택시를 타고 갔다.

* * *

"도착했습니다."

"예."

일부러 인근에서 내렸다.

택시비가 아까워서가 아니다. 이제는 떠날 곳이니 마지막으로 한 번 짐꾼으로 오래 있던 마을을 걸어보자는 마음도 있었다.

추억보다는 악몽이 가득했던 곳이지만, 나름 챙겨 보는 거다.

터덜거리며 얼마나 걸었을까.

"어서 꺼져! 가게 오픈할 때부터 재수 없게!"

"히히히……."

가게 앞에 서 있던 누군가 쫓겨나는 게 보인다. 가만 보니.

"음? 노숙자가 여기까지 왔네. 이 마을도 슬슬 안 좋아지나."

노숙자였다.

몬스터가 나오고, 서울에 노숙자가 많이 늘기는 했다고 들었다.

그래도 여기 경기 북부 쪽은 사냥터와 가까워서 안 오는 걸로 알았다. 위험하니까.

'그런데도 여기 온 거 보면…… 흠…….'

서울 시내에서 노숙자가 더 많아졌다거나, 저 노숙자가

바보여서가 아닐까.

멀리서 봐도 왠지 낯이 익은 느낌이기는 하다.

'착각이겠지.'

그래도 내가 아무리 막장이라지만 노숙자를 어찌 알겠는가.

말도 안 되는 소리다. 내 주변에서 노숙자가 될 만한 사람은 머리에 떠오르지 않았다.

"적선이나 할까. 아니지. 어설프게 동정해 봤자야."

그에게 다가갈까 하다가, 다시 발길을 돌렸다.

집에 다 왔으니까.

어서 올라가서 짐이라도 빼 갈 참이었다.

집주인이 언제 짐 뺄지 모르지 않나. 돈도 잘 치러서 깔끔하게 집을 비우기로 하긴 했지만, 세상사 모르는 일이다.

띠잉—

집에 들어서서 얼마 안 가서 엘리베이터가 온다.

그걸 타고 위쪽에 있는 내 집으로 올라가던 중.

"어?!"

무언가 퍼뜩하고 드는 생각이 있었다.

그 익숙했던 얼굴. 말도 안 되지만, 그 얼굴을 보자 떠오르는 사람이 분명 있었다.

'아닐 거야. 내 착각이겠지? 말도 안 되는 거지. 그건.'

도무지 그가 노숙자가 될 거라고는 생각도 안 들지만!
그래도 확인은 한번 해야겠다는 생각이 들었다.
퍽. 퍼억. 퍽.
엘리베이터에 가장 가까운 숫자를 눌렀다.
띠잉—
다시 문이 열린다. 오 층인가. 높아. 그래도.
'뛴다.'
미친 짓을 아는 건데도 창문을 열었다.
"저, 저기!"
"헌터?"
파앙—
그대로 뛰어 내렸다. 아찔한 높이를 뛰어내리고 달렸다.
그가 있던 곳으로.

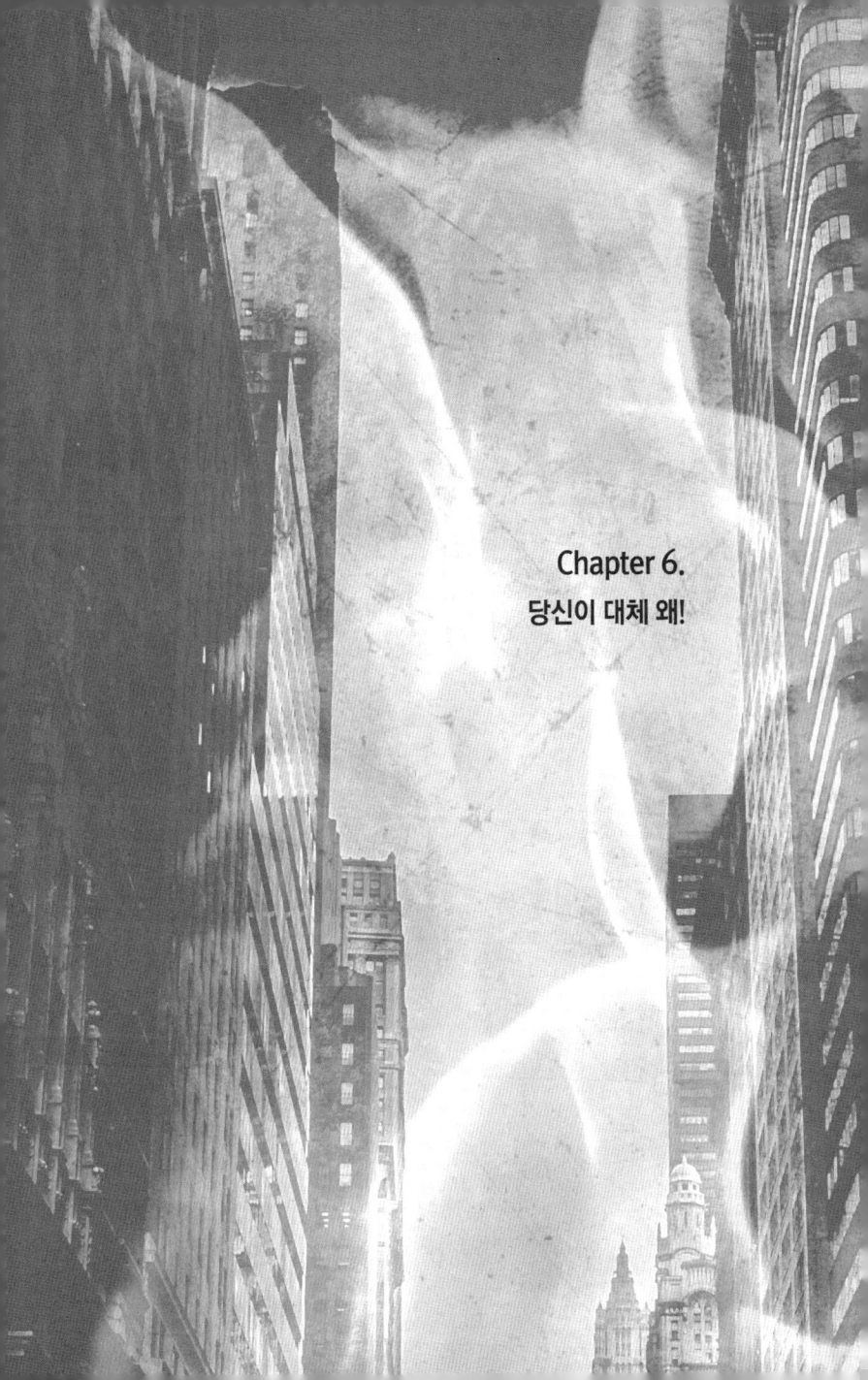

뛰었다. 미친 듯이. 내가 낼 수 있는 최고의 속도였다. 분명히!

시내에서는 힘을 사용하는 걸 자제해야 하는 것도 잊고서 달려 나갔다.

몇백 미터도 안 되는 거리인 걸 안다.

집 앞에서 얼마 안 떨어진 가게가 멀어야 얼마나 멀겠는가.

그래도 다급했다.

병신같이. 순식간에 힘을 사용해서 달려갔다.

혹시나 그가 사라질까 봐. 허깨비를 본 걸까 봐 달렸다.

당신이 대체 왜! 145

그러면서도 동시에 모순된 마음을 가졌다.

'그가 아니길……'

열심히 찾았던 그이지만, 그가 아니길 바랐다.

남자인데 처음 내게 윙크하던 그. 목숨 걸고 하던 의뢰를 맡긴 그. 내게 퀘스트를 주던 그. 언제나 열심히던 그. 수련법을 가르쳐주던 그.

애인도 아닌데 참 많은 걸 같이 겪었고, 그런데도 어느 순간 허깨비처럼 사라진 그!

많은 걸 겪었는데도, 막상 그의 부모님조차 알지 못할 정도로 가깝지만 먼 그가 아니기를 바랐다!

로맨스 소설에 나오는 비련의 여주인공처럼 뛰었다.

"하악…… 하."

감정적으로 여유가 없어서인지, 심장이 쿵쾅쿵쾅 뛴다.

짧은 거리로 지칠 리가 없는데도 그랬다.

저 가까이. 한 오 미터 정도 거리일까.

"히히히……"

바보처럼 되어서 웃고 있는 그가 보인다.

착각이겠지? 착각일 거야. 그가 왜 여기서 이러고 있겠는가.

그리 생각하면서도 점차 다가갔다.

오 미터. 사 미터. 삼 미터.

달려 나갈 때만 하더라도 그 어떤 때보다 빠르게 달렸는데도, 지금은 속도를 내려야 낼 수가 없었다.

이상하게 발걸음이 무거웠다.

그런 무거운 발걸음만큼이나, 가까워지면 가까워질수록 확신이 들어 버린다.

설마설마했던 마음이 완전히 가까워졌을 때는 완전히 사라져 버렸다!

"헤헤……."

그가 순진한 눈망울로 나를 바라본다.

언제나 이지적인 얼굴이었던 그가 아니었다.

얼굴에는 땟국물이 가득했고, 무슨 짓을 당했는지 팔다리의 힘줄은 다 끊어져 있어 보였다. 잔혹하게도 반쯤 썰렸다.

곳곳에 보인 상처의 줄기들은 그가 당했던 고난을 말해 주고 있었다.

순식간에 그의 모든 게 읽혀진다.

"당신이 대체 왜 여기서 이러고 있어!"

"헤헤?"

멍청하게 나를 바라본다. 여기까지 와 놓고.

어떻게 왔는지도 모르겠는데도, 와 놓고서 실실거리고만 있다.

"운이철! 당신이 대체 왜!"

울컥해 버렸다.

괜스레 눈에서 눈물이 흘러나와 버렸다. 바보같이. 길거리에서.

대체 난 뭐가 그리도 서러운 걸까.

연구원으로서 승승장구해야 할 그. 나 같은 최하급 헌터랑은 만날 인연도 없던 그가 이렇게 되어 버려서?

어느 순간 떡하니 모습을 드러냈는데 그 모습이 너무나 초라해서?

'상관없어.'

여전히 헤헤거리며 웃는 그에게 더 다가갔다. 완전히 밀착하고 그를 들었다.

"헤?…… 아악! 아!"

트라우마라도 있는 걸까.

내가 안자마자 그는 자지러지게 고함을 지른다.

주변의 눈치가 좋지 못했다. 시선이 쏠린다.

"납치 아냐?"

"나 저거 알아! 저거!"

알긴 뭘 아나. 납치극은 무슨. 노숙자를 데려가서 내가 뭐하자고.

'병신들.'

그들을 두고서 자지러지게 고함을 쳐대는 운이철을 데리고 몸을 움직였다.

"움직인다."
"우선 보고하자고."
그때 조금은 깨달아야 했을지도 모른다. 나를 보고 있는 시선들이 분명 있었다는 걸.
하기야 그때의 나는 그런 걸 신경 쓰기에는 반쯤 정신이 나가 있었다.
그저 정신없이 몸을 움직일 뿐이었다.

* * *

다짜고짜 차를 잡아 스승의 집으로 향했다.
근처 병원부터 데려가지 않음은 내가 본능적으로 느껴서일지도 모른다.
이대로 운이철을 병원에 데려가 봐야 좋은 꼴은 보기 힘들다는 게 느껴졌다.
'차라리 스승집이 나아.'
그렇게 해서 데려간 스승의 집.
"치료되죠!? 된다고 말씀해주세요!"

"이게 무슨……."

스승이 순간 놀란 눈을 한다. 토끼처럼 눈이 커졌다.

그녀와 함께 오던 이서영이나 한서은도 모두 눈이 커졌다. 놀란 거겠지.

특히 이서영의 경우는.

"운이철 씨잖아요!"

빠르게 알아봤다.

스승은 그 사이 놀란 기색을 급히 정리하고서는,

"……금방 사람 불러 줄게. 데리고 올라가. 누가 봤어?"

"주변에 있던 사람들 몇. 그 외에는 잘…… 다급해서."

내게 상황을 조금 물어봤을 뿐이다.

그러더니 그녀는.

"후……. 안 좋아질 수도 있겠는데. 우선은 올라가 봐. 사람 불러 올게. 다짜고짜 치료 말고."

"예."

잠시 걱정을 하더니, 할 일을 하러 갔다.

나는.

"아아아악!"

여전히 광기 어린 외침을 질러대는 운이철을 데리고서 저택의 이 층으로 올라갔을 뿐이었다.

*   *   *

 그리고 이내 얼마 기다리지 않아 사람이 왔다.

 실제 오는 데 걸린 시간은 얼마 되지 않는데도, 오래 걸린 기분이었다.

 "여긴가?"

 "그래. 제대로 치료해 줘. 중요한 사람이니까."

 수염이 덥수룩해서는, 의사라기보다는 산적처럼 생긴 자를 데려왔다.

 척 봐도 스승보다 나이는 많아 보였지만 스승은 본래 나이보다 어려 보이지 않나.

 둘 모두 비슷한 또래일 거다.

 그가 다가온다.

 "헤헤……."

 침대에 있으면서, 웃고만 있는 운이철은 사람이 다가오는데도 바보처럼 웃고만 있을 뿐이었다.

 전의 그였더라면 이렇게 더러운 것을 용납 못 했을 텐데.

 지금의 그는 시트가 다 더러워지는 것도 상관을 않는다.

 그저 바보처럼 웃기만 할 뿐이었다.

 "흐음……."

 수염 중년이 그런 운이철의 움직임을 관찰하듯 한참을

바라본다. 운이철은 그것도 모른 채로 여전히 웃고 있었다.

'보는 걸로만 될까.'

중년은 그러곤 한 걸음 물러서 돌아섰다.

돌아선 그의 시선은 스승을 향해 있었다. 스승이 그를 보고 묻는다.

"어때?"

"심각한데. 힘줄은 다 끊어졌고. 고문 흔적에…… 제일 중요한 건 머리지. 얘 똑똑했지?"

"많이 똑똑했을걸."

"정신적으로도 고문 받았어. 이능력을 썼겠지. 희귀한 경운데……."

개 같은.

그는 의사로서 냉철하게 말을 한다.

하지만 그의 말을 듣는 순간 나도 모르게 기운이 거칠어지는 거까지는 어쩔 수가 없었다.

허나 스승이 있는데도 기운을 폭주시키거나 할 수는 없었다. 그건 예도 아니었으며, 스승이 죄를 지은 것도 아니었다.

'여기서 풀 일이 아냐.'

이를 꽉하고 악 물었다. 참았다.

이 악의. 운이철에게 행해진 거대한 악의는 여기서 화풀

이로 풀 만한 그런 작은 일이 아니었다.

그러니 참아야 했다.

운이철을 이렇게 만든 자에게 분노해야지, 여기서 분노해 봐야 애 같을 뿐이었다.

이를 반쯤 꽉 물고 물었다.

"치료는…… 가능합니까?"

"가능은 해. 가능은……. 문제는 여러 가지 있지만. 우선은 육체부터 치료해 주도록 하지."

"부탁드립니다."

"뭘. 내 일이고, 이쪽도 빚이 있으니까. 그치?"

"응. 이번 일로 빚은 하나 제해 줄 테니까. 어서 해."

"하나뿐인가. 뭐, 한 명이니까. 바로 움직이지."

수염 중년은 이런 일을 자주 겪었던 듯, 아무런 놀란 기색 없이 기운을 일으켰을 뿐이다.

'저 사람도 이능력자…….'

스승이 데려올 때부터 알아봤지만, 보통의 의사는 아니었던 듯하다.

뭔지는 몰라도 스승에게 빚이 있으니 움직이는 게 분명했다.

어쨌든 나로선 좋다.

중요한 건 그의 치료일 뿐이었다.

"아아악! 아악!"

손을 대자마자 고함을 지르는 운이철의 손부터 꽉하고 잡는다.

반쯤 끊어진 팔에 수염 중년이 품에서 꺼낸 무언가를 가져다 댄다.

'몬스터 사체? 대체 어떤 종류지.'

어떤 생물의 특정 부위 같은 걸 운이철의 상처에 가져다 댔을 뿐이었다.

그리곤.

화아아아아악—

그는 자신의 손에서 어마어마한 빛을 흩뿌릴 뿐이었다.

이서영과는 비슷하지만 다른 흰색의 빛이었다. 좀 더 밝고, 투명했다.

그리곤 기적이 일어났다.

"아……."

분노에 가득 찼던 나로서도 놀랄 만한 그런 기적의 장면이었다.

몬스터의 사체인지 뭔지 모를 것이 스르르 녹아든다.

운이철의 반쯤 썰려 있던 팔, 끊어진 힘줄이 복원되기 시작한다.

'대체 저런 게 어디서…….'

이능력자. 그것도 치료사들 중에 대단한 자들이 많은 건 알지만, 저런 경우는 듣도 보도 못 했다. 그도 각성자일지도.

"헤헤……."

그 빛에 운이철도 본능적으로 무언가 느꼈을까.

아니면 빛이 비춘 이후로 자신의 몸이 조금이나마 나아졌음을 알고 그러는 걸까.

내 품에 있을 때는 잔뜩 고함만 지르더니, 이제는 웃음을 짓고 있을 뿐이었다.

"하나 됐군……. 후."

팔 하나를 치료했음에도, 어마어마한 기력이 소모된 건지 수염 중년은 한참은 폭삭 늙어 보였다.

그리고도 멈추지 않고 그는 품에서 또 하나를 꺼내 들었다.

어서 움직여야 한다는 듯 반대쪽 팔에 또 다른 사체 조각을 가져다 댔을 뿐이다.

화아아아악—

같은 일의 반복이었으나 그건 경이였다.

또 다시 반대편 팔이 이어 붙여졌다. 본래 그러했던 것처럼.

"후우…… 후……."

순식간에 그는 굉장히 지쳐 보였다.

이 일 자체가 그의 어떠한 것을 대가로 행하는 걸지도 모른다는 생각이 들 정도였다.

그러고도 한참 치료를 행할 뿐이었다.

*　　　*　　　*

며칠이나 지났을까.

그의 치료 덕분인지 운이철의 몸은 정상으로 돌아왔다.

전부 끊어져 있던 팔다리의 힘줄도, 썰려 있던 몸도 전부 정상으로 돌아왔다.

고문의 흔적조차도 전부 사라져서, 그의 몸만 보고 있노라면 아이의 몸처럼 어디 하나 상처의 흔적조차 없었다.

'적어도 몸은…….'

정상이었다.

다른 누가 보더라도 깔끔하고 젠틀해 보이는 그로 돌아온 게 맞았다.

문제는.

"히힛. 히히히."

그의 정신이었다.

예전의 그라고는 전혀 생각지도 못할 만큼 그는 바보 같은 모습만을 보이고 있었다.

치료를 하고도 내내! 마치 모든 걸 잊어버린 바보처럼!

나는 그 모습에 절망하기보다는 앞으로 나아가길 택했다.

찌질하게만 있기에는 상황이 좋지 못했으니까. 물었을 뿐이다.

"……어떻게 방법이 없습니까?"

"하나 있긴 한데…… 어려워."

"알려 주시죠."

"흐음……."

고민하는 수염 사내. 아니 후에 장진후라 알게 된 그를 가만 바라볼 뿐이었다.

"히힛……."

바보처럼 웃고만 있는 그를 다시 원래대로 돌려야 했다.

한참을 고민하던 장진후가 나를 가만 응시했다.

내 눈빛에서 무얼 읽은 걸까.

"후우."

그는 어쩔 수 없다는 듯 긴 한숨을 내쉬었다. 무언가 회한이 어려 보이는 모습이었다.

"내가 이 짓을 또 할 줄이야. 인연이 뭔지……."

알지 못할 말을 내뱉고서는, 한참 뜸을 들이더니 이야기를 시작했다.

"예상은 했을 거다. 너도. 내가 몬스터 사체를 이용하는 거."

"……예."

"그게 대가의 일부다. 치료의 대가지."

"대가를 통해서 치료하는 거군요?"

"그래. 그게 일반 치료사와 나를 다르게 했지. 꼭 좋은 것만은 아니지만……."

다시 회한이 어린 표정이다. 그도 무언가 사연이 있는 게 분명했다.

하지만 그 사연까지 내가 챙길 수 있을 정도로 상황이 좋지는 않았다.

다만 상황이 상황이다 보니 머리만 팽팽 돌아가 줬을 뿐이다.

"……그럼 중요한 건 그 대가를 구해야 하는 거군요? 방법은 그거구요."

"감이 좋군. 맞아. 근데 그 대가란 걸 구하는 게 어디 쉽나."

"뭡니까. 그게 뭐든지 구할 겁니다."

"그래? 정말 할 수 있겠나? 타인을 위해서 목숨을 걸어야 할지도 모르는데?"

목숨을 건다라.

불의 기운을 얻을 때부터 참으로 많이 들었던 말이다.

처음 운이철을 만나서 의뢰를 할 때도 들었던 말. 또한 매번 사냥을 할 때마다 나는 그 말을 들어왔던 거 같다.

'목숨을 건 외줄 타기.'

그건 내가 이 길을 선택할 때부터 정해진 길일지도 모른다.

그러니 고작해야 목숨이다. 그걸 걸어야 한다는 말 정도.

"못 할 게 뭐 있겠습니까?"

"농담하자는 게 아냐. 진심이냐?"

"저기 바보가 된 운이철. 그도 목숨을 걸었으니 저 꼴이 됐을 겁니다. 일반인인데도요. 그런데 제가 못 걸겠습니까? 이 내가요?"

"하…… 정말."

그가 어쩔 수 없다는 듯 고개를 휘휘 젓는다.

"바보, 아니 병신들은 세대를 이어가며 나오는구나. 쯧."

"……"

아무런 말을 하지 못하는 내게.

"그 대가란……."

생각보다 많이 치러야 할 대가라는 걸 알려 주기 시작했다.

* * *

생각보다 구해야 할 게 많으니 대가는 꽤 컸다.

많은 걸 희생해야 할지도 모른다는 생각이 들 정도였다.

그동안 쌓은 의뢰금. 사냥으로 얻은 돈들 중 대부분을 소모하고도 될지 안 될지 모를 상황이었다.

'허락이야 구했지만…….'

다행히 공격대원들에게 허락을 얻기는 했다.

"돈은 채워 넣을 거다. 꼭. 그래도…… 당분간은 빈곤할 게 분명하지. 그래도 괜찮겠어?"

"……뭐 까짓것. 중요한 사람 아니라고 했소? 그럼 해야지. 돈보다 사람이지."

신상철이 바람을 잡아 준 덕분에 더 쉬웠을지도 몰랐다.

덕분에 이야기가 빨랐다.

"어쩔 수 없죠. 뭐. 그 사람 덕분에 이리 온 것도 있고."

"맞아요. 그 덕분에 웨이브도 알았다고 하지 않았습니까? 나중에 알았지만요."

본래 있던 공격대원들이야 운이철이 소개를 한 덕분에 오게 된 자들이니 당연히 허락했다.

"으음…… 좋습니다."

스승이 데려온 자들도 잠시 고민하는 기색이었지만, 지

금껏 돈을 쌓는 데는 전에 있던 자들의 기여도가 크지 않나.

조금 고민을 한 후 허락을 했다.

덕분에 자본은 확보. 나는 바로 몸을 움직일 수 있었다.

"여긴가."

오로지 벽. 사방이 다 막힌 벽밖에 없는 한가운데가 목적지라니.

'이래서 안 걸리나.'

목표지는 암시장.

특히 암시장 중에서도 가장 대규모라고 들은 곳이었다.

알게 모르게 많은 자들이 이용하지만 드러내놓고 움직이는 곳이 아니니 이런 곳에 있는 것도 이해는 갔다.

퉁— 투웅— 퉁. 투퉁.

빈 것이 분명한 소리가 난다. 가벼운 소리다. 거기를 몇 번 두드린다. 미리 약속한 오늘의 신호대로다.

드르륵—

벽의 일부가 작게 열린다.

"헌터?"

"예."

"용무는."

"뻔하지 않습니까."

"그것도 그렇군."

몇 개의 문답 후에 문이 열린다.

벽이 열리는 게 신기하기는 했지만, 눈이 휙휙 돌아갈 만큼 신기한 건 또 아니었다.

어딘가 얍삽해 보이는 사내가 바로 앞에서 나를 기다리고 있었다. 안내인이겠지.

"여기로."

다만 안내를 받고 들어선 안에서는 놀랄 수밖에 없었다.

신세계가 펼쳐져 있었다.

* * *

'넓어. 생각보다 화려해.'

조금씩이지만 지하로 내려가는 걸 느꼈다. 과연 암시장답구나 생각했다.

그리고 그 안은 생각보다 넓었다.

사람도 꽤 있는 것이, 과연 이게 암시장인가 아니면 일상적인 시장바닥인가 생각이 들 정도였다.

"나는 여기까지야. 큼큼."

"여기요."

눈치를 주는 안내인에게 안내비 명목으로 돈을 넘겼다. 오만 원 두 장.

많은 돈이지만, 다음에 또 올 걸 생각하면 이 정도 넘기는 게 맞다 들었다.

"흐흐. 그럼 잘 사고 들어가라고. 얼탱이 없이 당하지 말고!"

"아무렴요."

건네준 돈이 마음에 들었는지 덕담까지 해 주는 안내인이었다.

처음 볼 때는 조용한 성격인 줄 알았는데, 말이 꽤 많은 자인 거 같았다.

뭐 그게 중요하랴.

'살 게 많아.'

몇몇 개의 재료는 내가 가진 게 있어 다행이었다.

마귀마의 갈기. 리자드맨의 사체 조각들. 켄차톡의 머리.

'말해 놓고 보니 무슨 주술 재료 같네……'

그런 것들이 필요한 재료였다. 몇 개는 다행히도 가지고 있었다.

화가 복으로 작용했달까.

운이철이 없어서 사체들을 처리를 못 했던 건데 그게 치료에 쓰이게 될 줄은 정말 몰랐다.

문제라면 그런 몇몇 개의 재료를 가지고 있음에도 구해야 할 게 더 많다는 거였다.

이능력으로 정신 공격을 당한 자를 치료하는 건 그만큼 힘들다는 의미였다.

그래서 돌아다녔다. 바쁘게.

특히 몬스터 사체를 종류별로 구해야 하니 바쁜 건 어쩔 수 없는 노릇이었다.

"혹트롤 혹 있습니까? 일부씩도 되는데 다 다른 것에서 나와야 합니다."

"까다롭네. 몇 개?"

"열 개요. 크기는 신경 안 써요."

"흠…… 많은데. 다섯 장."

"……비싸네요."

"에잉. 열 개 사니까 깎아 준거야. 싫으면 가라고. 휘이!"

어울리지도 않게 흥정을 벌이기도 하고.

또 몇몇 개는 다른 곳을 들러 보니 바보같이 비싸게 사기도 했다.

사람들을 여럿 데리고 다니면 더 빨랐을지도 모르지만, 암시장이 괜히 암시장인가.

쉽게 개방이 된 거 같으면서도, 나름의 규칙이 있는 게 암시장이다.

그래서 홀로 발품을 판 건데 여러모로 손해가 좀 나기는 했다. 그래도.

"얻어야 할 건 거의 구했어."

성과는 있었다.

열심히 발품을 판 덕분인지, 재료는 거의 구했다.

문제는 다는 구하지 못했다는 거겠지.

* * *

구할 수 있는 한 최선의 것들을 구했다.

워낙 구한 게 많아서, 내 몸만큼이나 많은 것들이 쌓여 있어야 했지만 공간 장치에 전부 깔끔하니 들어갔다.

그걸 그대로 들고서 장진후에게로 갔다.

참고로 내가 방으로 쓰던 저택의 손님방을 언제부턴가 병실처럼 차지하고 운이철과 항시 같이 있는 그였다.

저택의 주인에게는 실례일 수 있으나 스승도 아무런 말을 하지 않았으니 넘어갈 뿐이었다.

'제발 되기를.'

구해 온 재료로 어찌 되기를 바라면서 안으로 들어섰다.

"히히……."

"흐음."

역시 그는 역시 운이철을 관찰하듯 살피고 있을 뿐이었다.

그러다 내가 들어온 걸 알고 시선을 준다.

나는 그에게 아무런 말도 없이 공간 장치를 넘겨줬다.

"생각보다 빠르군."

그는 한마디를 하고서 내가 가져온 걸 전부 꺼내어 들고 품평하듯 살펴보았다.

보석상이 장신구를 보듯이 하나씩 재료를 살피는데 그 눈빛이 예사롭지 않았다.

나름의 기준이 있는 건지 몇 개는 따로 떨어트려 놓고, 또 몇 개는 뭉쳐 놓는다.

"잘했군."

"이 정도로 됩니까?"

"그럴 리가. 잘해야 일 단계 정도는 되겠지. 그나마도 내가 요령을 피워서 되는 거야."

"역시 그게 없으면 안 되는 겁니까?"

"그렇지."

가장 핵심이 된다는 재료.

딜리러스의 마정석.

딜리러스. 잡기도 힘든 놈이었다. 놈들의 공격 특기가 문제였으니까.

정신계 공격을 날려서, 상대에게 혼란을 주는 몬스터였다.

그도 아니면 잠시 멈칫하게 만드는 정도는 쉽게 하는 놈들이었다.

정신 공격 뒤에 바로 육탄 공격을 날려 오는데 그 연계기가 워낙에 까다로웠다.

'정신계 공격만 아니어도 별거 아닌데.'

덕분에 어지간해서는 잡기도 힘들고, 대규모로 달려든다고 해서 잡기 쉬운 몬스터도 아니었다.

'대규모면 더 힘들지. 정신계 공격에 더 당할 테니까.'

그런 놈이다 보니 마정석을 구하기는 꽤 힘든 몬스터 중에 하나였다.

그게 재료의 핵심이기도 했다. 나로서는 아직 잡아보지도 못한 거다.

"뭐 기대는 안 했네."

"암시장에서 속일 수도 있으니까요. 어쩔 수가 없었습니다."

"그렇겠지."

암시장에서 딜러리스 마정석이라 샀는데, 만약 아니면 어떻게 하나?

그럼 치료 기회가 날아가는 거다.

특히 정석은 어떤 몬스터로부터 나왔는지 구분도 안 되니, 구하려야 구할 수가 없었다.

'젠장할이지.'

내 안타까움을 아는지 모르는지 그는 주섬주섬 무언가 준비를 하고 있었다.

"바로 하겠네."

"바로요?"

"조금이라도 신선한 게 나으니까."

몬스터 사체를 가지고 치료하는 것도 신기한데, 신선해야 더 좋다니.

정말 주술이라도 거는 건가 싶은 생각이 들 정도다.

그는 가타부타 아무런 말도 않고는.

"히히?"

그사이 좀 친해졌는지, 다가가도 웃기만 하는 운이철에게 다가가 사체 더미를 덕지덕지 붙였다.

'묘한 규칙이 있네.'

운이철도 불안하기는 한 듯했지만 별달리 반항은 안 했다.

순식간에 일을 행하고서는 하는 치료.

화아아아악—

빛이 어린다. 그리고 사체들이 녹아 운이철의 온몸에 흡수되듯 사라지기 시작한다.

"으으. 으으으!"

고통을 표하는 운이철.

천박해 보이는 웃음. 이성이라고는 전혀 없던 운이철의 눈에 조금이지만 생기라는 게 돌아온다.

그가 나를 바라본다. 익숙한 눈이었다. 예전 그의 눈.

"……기환……씨?"

한 마디. 단 한 마디를 남기고서는 그대로 정신을 잃어버린다.

"……."

그에게 난 아무런 말도 할 수 없었다.

다만 손을 꽉 쥐고 어서 준비하자고 다짐을 하고 있을 뿐이었다.

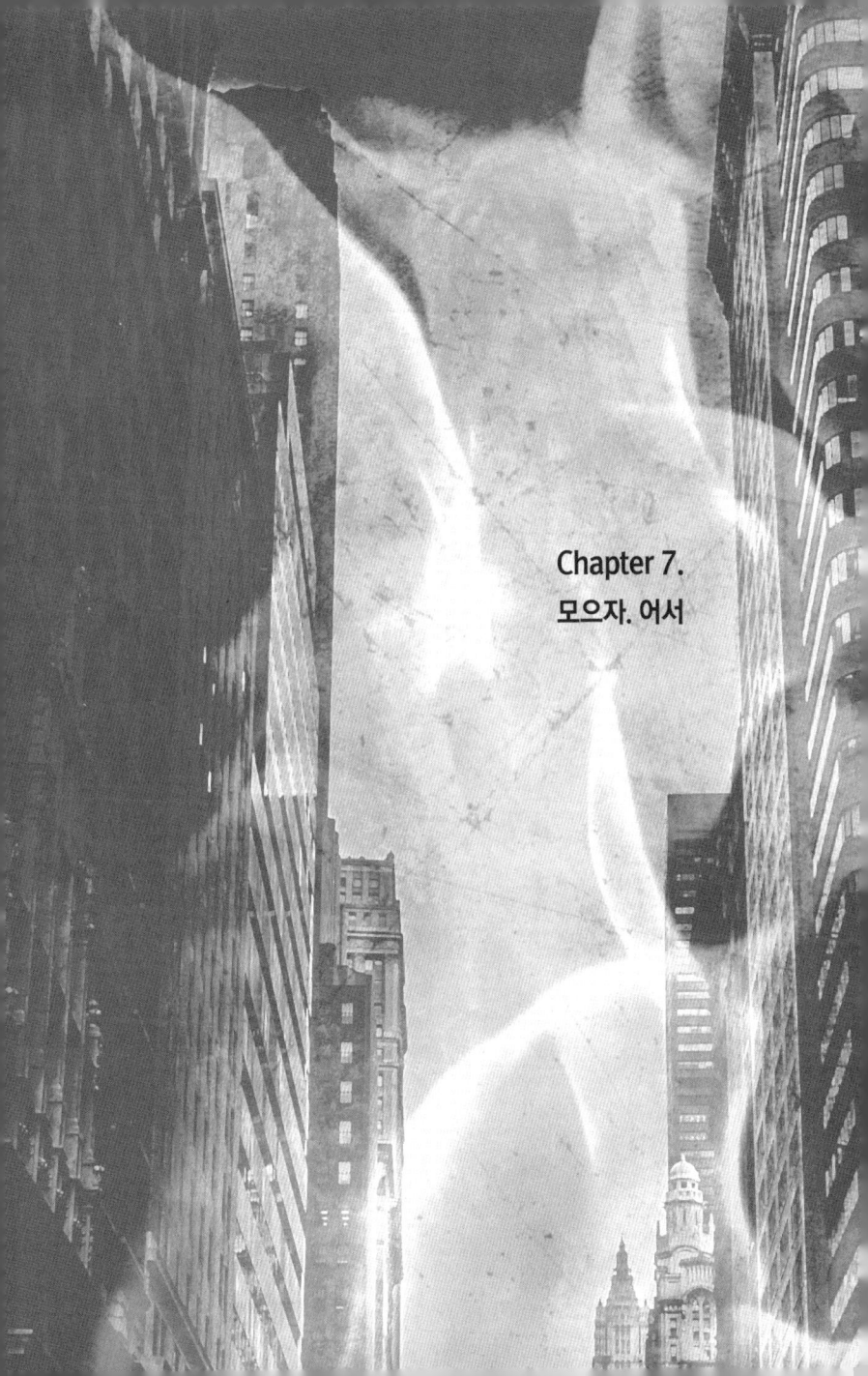

 내가 아무런 답도 못하는 사이 운이철은 그대로 정신을 잃었다.
 "……성공이군. 후우…… 후."
 그 사이 또 엄청나게 초췌해진 장진후는 성공했다 말할 뿐이었다.
 일 단계지만 분명 치료는 성공했다.
 잘된 일이다. 잘된 일인데 좋은 말은 나오지 않았다.
 "젠장……."
 그저 작은 목소리로나마 화를 낼 뿐이었다.
 일 단계의 치료는 잘되었음을 축하라도 해야 할까. 그럴

리가 없잖은가.

일 단계의 치료는 잘 행해졌지만, 거기까지다.

완전히 치료가 된 것도 아니고 그는 그대로 정신을 잃었다. 희망을 조금 가지긴 했지만 그게 다다. 아니, 희망을 가지게 됐기에 더 머리가 복잡할지도 모른다.

차라리 치료를 할 수 있다는 희망이 없으면 포기를 하겠지.

가능하다는 희망이 있으니까 더, 고문을 당하는 거다.

미칠 듯한 희망 고문.

절망보다도 더 아픈 게 희망이라는 고문인 것이다.

신화 속 판도라의 상자 안에서 온갖 절망과 재앙이 나오고, 마지막에 희망이 나온 건.

'……가장 무서운 거니까.'

희망이라는 이름 아래에서 내려지는 절망이라고 하는 게 가장 무섭고, 무거운 절망이어서일지도 모른다.

그걸 알면서도 결국 희망에 따라 행하고, 도전하고, 시도하는 게 사람이 아닌가.

소수만이 희망을 이루는 데 성공하지만, 다수는 희망이 절망이 됨을 알아야 한다.

그럼에도 나도 그 소수가 될 수밖에 없었다.

희망 고문이 그 무엇보다 힘든 것을 알면서도 결국 나설

수밖에 없는 거다.

'그러니 젠장할이지. 후······.'

그걸 아는지, 나를 가만 바라보던 장진후도 가만 안쓰러운 눈빛을 보내온다.

그리곤 위로하듯 말을 걸어왔다.

"일 단계가 가장 고비일 수도 있었다. 이 단계는 쉬울 거고. 문제는 삼 단계지."

"······그렇겠지요."

"쉽지는 않을 거다. 그래도 할 수 있겠지? 목숨을 건다 했으니까."

"아무렴요. 해야죠. 그러려고 했으니까요."

"그래. 건투를 빌지."

그 뒤로 이어지던 잠시의 침묵.

시간이 꽤 지나고서도 눈을 뜨지 않는 운이철을 가만 바라보다가 방을 나섰다.

사람을 모아야 했다.

* * *

"아쉽군······. 이미 나와 있어."

"어쩔 수 없군요."

몬스터 웨이브를 겪었던 자들을 찾았다.

몇 번의 까임을 당했다.

다만 처음 파티를 모집할 때처럼 무시를 당하지는 않았다.

그들도 웨이브에서 보았던 내 실력이 있으니까.

오는 것에 대해서 회의적이거나, 놀리진 않는 건 당연했다.

내게 지금 빚을 지워두면 언제고 내가 갚아야 하는 것을 알 테니, 올 수만 있으면 왔을 거다.

다만 그들 모두 바빴을 뿐이다.

대신에 몇의 사람들이 내게 와 줬다.

"하핫, 너는 날 깠어도 나는 왔다고!?"

"그때는 선약이 있었다니까."

"헹. 그래 봤자지."

김권식. 탱커로서, 나뭇잎 표식을 공격대 표식으로 쓰는 그가 가장 먼저 왔다.

웃는 낯이기는 하지만, 어딘가 어색했다. 그래서 물었다.

"그나저나 빨리 왔네?"

"애들 부상이 심하거든. 전의 그 레이드에 반쯤 실패해서 말야."

"그래?"

"어. 생각보다 위험했어, 그놈. 하나 잡았는데, 하나가 더 있더라고. 젠장! 다들 도망가느라 힘 뺐지."

내게 괜찮은 건수가 있다고 물어 왔던 레이드. 그게 잘 안 된 듯하다.

'처음 보는 거랬으니까.'

뭐든 처음이 어려운 법. 처음 잡는 몬스터다 보니 힘들 수도 있다.

그래도 숫자 파악도 제대로 못 한 건 너무했다.

"그 나머지 하나도 처리를 해야 하는데, 사체를 보니까 가성비도 안 나오데? 그게 발목을 잡았어."

"그래?"

"어. 그 뒤로 레이드 할 사람도 안 나서고. 다 먹고 살자고 하는 건데 돈이 안 되니까."

"엉망이군."

"그런 거지. 엉망이야. 뭐 또 모르지, 명성 필요한 사람 있으면 나설지도."

레이드를 하는 것도 결국에는 먹고 살자고 하는 거다.

돈이 돼야 하는 건데, 이번에 레이드를 한 녀석은 생각보다 돈이 되는 놈은 아닌가 보다.

그러니 한 마리가 더 남았는데도 이차 레이드는 기획이 안 된 듯하다.

김권식의 말마따나, 명성을 원하는 녀석이 나서면 또 모를 일이다.

때로 공대나 길드가 홍보 목적으로 레이드를 벌이기도 하니까.

그래도 요즘은 다들 공대고 길드고 자리를 잡은 지 오래인지라, 그런 일도 거의 일어나지 않는다.

나만 하더라도.

'상관없는 일이겠지.'

공격대를 만든 지 얼마 되지도 않았는데, 그런 일은 할 생각이 없으니까.

설마 나랑 관련이 있을까 하는 생각이다.

어쨌거나 김권식 그가 가장 먼저 와준 건 참으로 고마운 일이었다.

그런 그가 궁금한 듯 물어 온다.

"그나저나 다른 사람은 안 와? 소수 정예로 가야 한다며?"

"기다려 봐. 멀리서 와서 좀 걸려."

"쳇. 좀 친해지려고 했지. 아쉽게시리. 늦나 보네."

"가면서 친해지든가. 애들 성격이 그래서 될지는 모르겠다만."

아무래도 그는 이번에 내 일을 도와주는 김에 새 인맥도 쌓을 참이었던 거 같다.

'머리가 잘 돌아가.'

영악하기보다는 영리한 편이라는 생각이 드는 모습이다.

나도 도울 겸, 내게 빚도 얹혀 놓고 동시에 인맥도 쌓는 걸 보면 그리 나빠 보이지는 않지 않는가. 똑똑하다.

그렇게 가장 먼저 도착한 그와 한참을 기다리고.

"오랜만입니다. 사형."

"잘 왔다."

이준혁이 저 멀리서부터 달려와 줬다. 무슨 일에선지 충청도 쪽에 있어 줘서 더 빨리 와 줄 수 있었다.

"하핫, 저는 안 반기는 겁니까?"

"커흠. 반가워?"

"쳇. 하여간에 다들 준혁이만 좋아한다니까요? 어쨌든 왔습니다!"

그 옆에는 언제나 껌딱지처럼 붙어 있는 정우혁이 있었다.

내가 없던 사이에 무슨 일을 한 건지, 그는 전보다 기운이 더욱 커져 있었다.

'성장 중인가.'

스승이 말하기로 정우혁은 나와는 다른 방식으로 각성을 하고 있는 거라 들었다.

그 이유로 계속해서 성장을 하는 듯했다.

사제인 준혁이도 마찬가지. 그도 못 보던 사이에 더욱 단단해진 느낌이었다. 기도가 강해졌달까.

'믿음직해.'

내가 모을 수 있는 최선의 사람들은 전부 모았다.

이제는 바로 움직여야 할 때다.

*   *   *

미리 준비를 하고 있었기에 금세 출발.

작전은 내가 기본을 짜고 정우혁이 살을 붙였다. 부산 때와 같다.

차로 이동을 하면서, 근황이나 묻는데.

"부산은 어때?"

"그럭저럭 하고 있습니다. 다들 준비하고 있고요."

"시끄러. 괴물 양성자 주제에."

생각지 못한 소리가 들려온다.

"뭔 소리야?"

"이놈. 특이한 걸 해내고 있다고요. 나중에 한번 가서 봐봐요. 이능력자 다 망할지도요?"

"흐음……."

이준혁이 또 뭔가 해내고 있는 듯하다.

하기는 이유정, 이소정도 그의 옆에 있으면서 점차 강해져 갔다.

여느 각성자와 이준혁은 확실히 다른 감이 있기는 했다.

내가 부산에 있었을 당시에, 그를 지켜본 결과 그건 거의 확신에 가까웠다. 그는 일반 이능력자와 다르다.

'그렇다고 각성체를 먹은 것도 아니고.'

언제나 침착한 얼굴로 낯빛 하나 변하지 않는 녀석이긴 하지만 하여간에 신기한 녀석이다.

"언제 한번 가 보기는 해야겠네."

"너무 기대는 안 하는 게 좋으실 겁니다."

"됐어. 가서 보고 판단하지 뭐."

언젠가 부산을 가게 되면 몇몇의 생각지도 못한 걸 얻거나, 알게 될 거 같았다.

각성체에 대해서 처음 알게 되었듯이, 또 다른 어떤 '진실'을 보게 될 수도 있겠지.

끼이익—

"도착입니다."

"역시 우리 기사님!"

하여간 우리가 뭘 하든 신경도 쓰지 않고, 달리는 정우혁의 운전기사는 잘도 목적지에 도착했다.

'대단하단 말야.'

운전 기술만 놓고 보자면, 그도 운전 이능력자가 아닐까 싶을 정도다.

하기는 몬스터도 날뛰는 전국을 이능력도 없이 차로 누비는 그가 아닌가.

이 정도쯤의 운전 실력은 당연한 걸지도 몰랐다.

"자자, 다 내려!"

사람이 많다. 큰 차를 동원했는데도, 총 두 개의 차량에서 공격대원들이 전부 내린다.

내 공격대원 전부 스물하나. 나까지 스물둘.

여기에 정우혁, 김권식, 이준혁. 셋이 추가되어서 총 스물다섯이나 되는 사람이 움직이게 된다.

'육십만 돼도 길드 단위라고 하는데……'

언제 이런 사람들이 다 모였나 싶다.

다들 준비 만반에 자신감이 가득 차 있었다. 이번 사냥에서 끝까지 함께는 못하겠지만 믿음직해 보였다.

그들을 한 번 보고서는 시원스레 소리쳤다.

"바로 출발하자!"

* * *

"어서 잡아!"

"뚫어!"

딜러리스 사냥터는 가까운 사냥터에 있는 게 아니었다.

그 앞에 다른 몬스터 서식지 둘은 뚫어야 했다.

하나는 이제는 익숙하기까지 해서 쉽게 처리하곤 하는 녹색 리자드맨 부락이었다.

―끄라꽉!

거기를 통과하는 건 손바닥 뒤집기보다 쉬웠다.

파티 단위로도 정예를 잡았었는데, 공격대 단위로 여기를 통과 못 하면 서럽지 않겠는가.

그 다음으로 지나가야 하는 곳은 키러른의 사냥터다.

키러른은 소의 형상을 띠고 있는 몬스터다. 떼를 지어 넓은 영역을 돌아다니면서 폭주를 하는 놈들이었다. 그들이 뿔로 치어버리면, 탱커가 아니고서야 버틸 재간도 거의 없다.

다행히도.

"다른 곳으로 이동한 듯한데?"

"그놈들은 원래부터 자주 이동하니까요. 골치죠."

잠시 이곳이 아닌 다른 영역으로 이동을 한 건지 눈에 띄는 것은 없었다.

키러른은 부락 단위로 살면서 움직이는 것도 물소처럼

떼로 움직이는 터라, 상대하면 꽤 힘들었을 거다.

한 시름 놨다.

"자자, 우선 베이스부터 잡자고. 그래도 조심은 하고."

"오케이!"

키러른이 떠난 곳에서 적당한 터를 찾아 근거지로 삼았다.

며칠 있으면 키러른이 돌아올지도 모르지만, 그렇게 오래 있을 생각은 없었다.

"다들 모여!"

미리 계획이 된 대로 소수의 사람들을 끌어 모았다.

바로 딜러리스를 잡기 위해서 출발했다.

* * *

딜러로는 나와 이준혁, 정우혁. 탱커로는 이서영과 김권식이다.

특이하게 힐러로는 새로 공격대에 들어온 김태헌이 끼기로 했다. 실력만 놓고 보면 꽤 잘해 주는 쪽이라 그가 꼈다.

공격대원 중 능력 있는 한서은이나 허웅 같은 자도 있기는 하지만 그들은 우선 이곳을 지켜야 했다.

우리가 딜러리스를 상대하고 오기까지 혹시 있을 위험을 대비하는 거다.

"바로 간다."

해서 총 여섯의 인원이 딜러리스를 잡기 위해 출발했다.

다들 소란스러운 성격은 아니기에 침묵을 유지하는 가운데 빠르게 출발을 했다.

여느 사냥터와 같은 숲.

─치익…… 치이익.

─치익?

무전기에서 나는 잡음처럼 소리를 내는 딜러리스가 눈에 띄었다.

"저기네. 정신 공격을 조심해야 해."

모두 몸을 낮췄다.

가장 먼저 튀어 나가야 할 건 사실 탱커였지만, 이번에는 좀 달랐다.

타앗─

정신 공격에는 가장 자신이 있다고 하는 이준혁이 먼저였다. 뒤이어서 탱커들 둘이 뛰어 나간다.

─치이익!

딜러리스들이 우리를 본다.

서로 마주한 가운데.

"차앗!"

─치익!

딜러리스의 정신 공격에 이준혁이 움찔하다가, 다시금 몸이 쏘아져 나간다.

이준혁이 다가가는 사이 딜러리스들이 몇 번이고 정신 공격을 시도하는 것 같았다.

하지만 효과는 전혀 없었다.

'대체 뭔 능력이야 대체.'

이준혁이 정신 공격에 강하다고 하더니, 확실히 강했다.

지금 와서 이능력의 종류가 궁금할 정도다.

단순히 육체 강화에만 국한된 능력이 아닌 거 같긴 했다.

하기야.

"잘 부탁해."

"염려 놓으세요."

힐러를 지키면서 공격한다고 남은 정우혁도 보통의 능력자는 아니지 않은가.

공간을 그대로 갈라버리기도 하는 그도 희소한 능력자며 각성자다.

화아악—

질 수 없다는 듯 몸에 불을 피운 채로 몸을 날렸다.

* * *

—치이이익……

단말마치고는 소음에 가까운 소리를 내면서 딜러리스가 쓰러진다.

이준혁을 필두로 했던 사냥이었으나 차차 파티원 모두 적응을 해 나갔다.

웃기게도 정신계 공격에 다들 강한 편이었다. 아니면 점차 적응을 해 나가며 강해졌거나.

'이게 적응이 왜 되는 건지. 하여튼 좋은 게 좋은 거지.'

나도 처음에는 딜러리스의 정신계 공격에 당하기는 했다.

정신이 어질어질하고, 앞뒤가 뒤바뀌는 혼란이 만들어지기도 했지만 이내 적응했다.

몇 번을 당하고 또 당하다 보니 내성이 생긴 거다.

하기는 보통 이런 식으로 정신 공격을 당하면 피해가 커지지 않는가.

적어도 부상을 입었으면 입었겠지 정상일 수는 없었다.

우리가 혹시 정신 공격에 당하더라도 이준혁이 알아서 열심히 미쳐 날뛰며 피해를 막아 줬다.

덕분에 아무런 피해도 없이 적응할 시간을 벌었던 거다.

문제는.

"이번에도 허탕이군……."

"또 없군요. 많이 잡았는데."

벌써 며칠째 허탕이다.

파티원들이 딜러리스 정신 공격에 적응을 할 만큼 사냥을 해 댔는데도, 정석이 도무지 나오지를 않는다.

마치 숨바꼭질을 하는 느낌이다.

우리는 술래고, 딜러리스 몸에 심어져 있어야 할 정석이 숨은 아이.

숨어도 너무 잘 숨어서, 도무지 찾을 수가 없는 아이다. 젠장.

"이러다 아예 전멸시키는 거 아닌가 몰라."

"그 이전에 정석이 나오기는 해야겠지요."

"그렇지. 차라리 정예라도 나오면 나을 텐데. 정석이 나올 확률은 올라갈 테니까."

"무서운 소리 마시죠!"

내 말에 가만있던 정우혁이 빼액 외친다.

지금에야 적응을 하기는 했지만, 그는 정신 공격에 꽤 많이 당했다. 정예 소리에 놀라 소리칠 만하다.

"에이. 말이 그렇단 거지. 설마 그러겠어?"

*　　*　　*

그런데 그 일이 실제로 일어났습니다!

―치이이이익!

딜러리스 정예가 나타났다.

이 미친 딜러리스는 덩치가 문제가 아니었다. 정신계 공격이 더 업그레이드 돼 있었다.

'미친……'

딜러리스가 정신계 공격으로 타켓을 잡자마자.

"와악! 미친, 나라고, 나!"

"죽어!"

파티원 중에 하나가, 컨트롤당했다.

마인트 컨트롤(mind control)이라니!

오래 전 한국인의 게임이었다고 하는 '별전쟁'에서 나왔던 기술을 실제로 당하게 될 줄이야.

'아주 악질 공격이었잖아?'

순간적으로 컨트롤되는 거긴 하지만, 마인트 컨트롤 기술은 아주 악질의 기술이었다.

갑작스레 아군이 공격한다는 거!

그것도 등을 맞대고 있는 믿을 만한 아군이 공격을 한다는 건, 그 자체가 정신 공격이었다.

"아?"

"어서 정신 차리라고. 준혁!"

정신 공격에 제일 강하던 이준혁이 당할 정도니 말 다했지.

그의 검이 부웅―하고 와서 내게 휘둘러질 때는 아주 죽는 줄 알았다.

―치이이익!

마음에 안 든다는 듯 다시 이차 정신 공격.

이번에는 대체 누구냐.

'아…….'

나였다.

* * *

이대로 아군을 공격하는 건가!?

―공격해라. 공격해.

사람의 언어가 들리는 듯하다.

이 미친 딜러리스는 무슨 원리인지 몰라도 뇌에 직접적으로 명령어를 새겨버리는 느낌이었다.

'당하는 거야?'

이대로 아군을 공격하는 건가? 그런데?

"어? 으음……."

"안 당했어!?"

무슨 이유에선지, 당하지 않았다. 이준혁보다 정신계에 취약하다고 생각했던 난데!

'……뭐지.'

―치익!

다시금 시도를 하는 게 느껴졌다.

―공격해.

하지만. 되려 그의 정신계 공격은 위협으로 다가오지 않았다.

작동도 되지 않았다.

뇌로 새겨지는 명령어가 아까보다는 약한 느낌이다.

'뭔지 모르겠지만…….'

내게는 먹히지를 않는다. 되려 기운이 더욱 보충되는 느낌이다.

하도 놈의 공격이 먹히지를 않으니.

'설마…… 정신계 공격도 포식이 되는 건가?'

말도 안 되는 생각이 스쳐 지나갈 정도다.

하기는.

"어서 공격해요! 형!"

저기서 소리치고 있는 정우혁도 아까부터 묘하게 이런 공격에는 또 강한 느낌이란 말이지?

되려 여태까지 정신계 공격에 강했던 이준혁만 너무 쉽

게 당하는 느낌이었다.

'신기한데.'

묘한 궁금증이 생겨난다. 대체 왜 이런 건지. 하지만 지금 급한 건 그런 게 아니었다.

무슨 이유에서인지 공격이 먹히지 않을 때.

그때를 노려야 했다.

―치이익!

"이런……."

훼에엑―

하지만 정예 딜러리스 쪽도 필사적이었나. 안 먹히는 날 두고 바로 이준혁에게 정신 공격을 사용했다.

이준혁이 멍한 눈빛으로 내게 공격을 휘두른다.

아찔하니 찌르고 들어오는 검을 피한다.

―치이익!

"미친."

놈은 아예 정신 공격이 잘 먹히는 이준혁을 타켓으로 삼은 듯했다.

딜러리스 사냥의 주역이자 주인공이었던 이준혁이, 가장 큰 걸림돌로 작용하는 순간이었다.

저쪽이 몬스터 주제에 머리를 쓴다면 이쪽도 써야겠지!

"탱커들 막아! 내가 처리할 테니까!"

"예!"

"알았다!"

성가시게 된 이준혁을 탱커들에게 맡겼다.

강력한 공격을 구사하는 이준혁이지만 무려 둘이 붙었다. 이서영과 김권식 둘이 붙으면 시간을 끄는 것 정도는 충분했다.

그 상태 그대로 나는 곧바로 딜러리스를 향해 몸을 날렸다.

―치이이익…… 치익!

놈이 다급해지니 정신계 공격을 날린다.

허나 한번 무용지물이 될 때부터 소용이 없었다.

'조금 어지러울 뿐이지. 이상하긴 해.'

정예가 어째 더 정신 공격이 약할까. 그리 생각하면서도 놈을 향해 정면으로 간다.

다른 딜러리스의 두 배는 되는 덩치. 놈의 공격용이자 방어용인 징그럽게 돋아나 있는 비늘. 그 모든 게 가까워진다.

―치이익!

가까워질수록 강해지나.

눈앞이 잠시 암전되다 다시 보인다. 정신계 공격을 응용하는 듯했다.

하지만 이쪽도 육체가 전부만은 아니지 않은가. 불빨이 있다.

"죽어어!"

화아아아아아악—

내 몸이 모든 것을 불태운다. 동시에 기운의 정화가 맺혀 있는 불검이 그대로 휘둘러진다.

쒜에엑!

폭발! 폭발! 대폭발!

휘둘러지면서 폭발이 일어나고, 속도를 더한다.

처음 폭발에서 이미지를 얻었던 검술은, 어느새 모양을 잡아서는 이제는 실전에서도 제대로 써먹을 정도가 된 거다!

'이름하야 열파…… 아니 폭발 검술!'

콰아아앙!

—치이익!

딜러리스가 양팔을 교차해서 불의 기운이 맺혀진 검을 막는다.

타는 냄새가 난다. 놈의 비늘이 타는 냄새다.

하지만, 여기서 끝이 아녔다. 몇 번 폭발했다고 끝날 리가 없지 않은가.

파아아앙— 파앙!

놈의 양팔과 부딪치고 있는 검의 뒤편에서 계속해서 폭발이 일어난다.

 검을 다시 휘두를 필요도 없이 정예 딜러리스를 압박한다.

 ―치야아악!

 타다 못해 그대로 갈라지기 시작한다.

 콰즈즈즈즉―

 비늘이 갈라지고, 그 아래의 피부가. 다음으로는 근육과 뼈가. 전부 갈라지고 타고, 녹아버린다. 팔이 거의 날아갔다.

 두려움에 떠는 듯 물러서는 정예 딜러리스.

 "그만 죽으라고."

 그를 향해 선고하듯 외치며 검을 위로 길게 들어 다시금 아래로 내려쳤다.

 검에 폭발이 실려 있어 더욱 빨라졌음은 당연했다.

 부산에서 보았던 비열한 놈이 날렸던 검보다도 더욱 빠른 검이었다.

 ―치이이이익!?

 와즉. 투욱. 툭.

 팔이 다 날아간 채로 뒤로 물러나던 딜러리스가 고개를 갸웃한다. 그리고 그대로 반으로 갈라져 흘러내린다.

과히 보기 좋은 광경은 아니었다. 잔인하다면 잔인했다.
하지만 잔인한 그 광경에서도 나는 목표로 한 것을 찾을 수 있었다.
"됐다!"
목표로 했던, 딜러리스 정석이 나왔다.
이제는 바로 치료를 하러 가야 할 때였다.
"돌아가자고!"

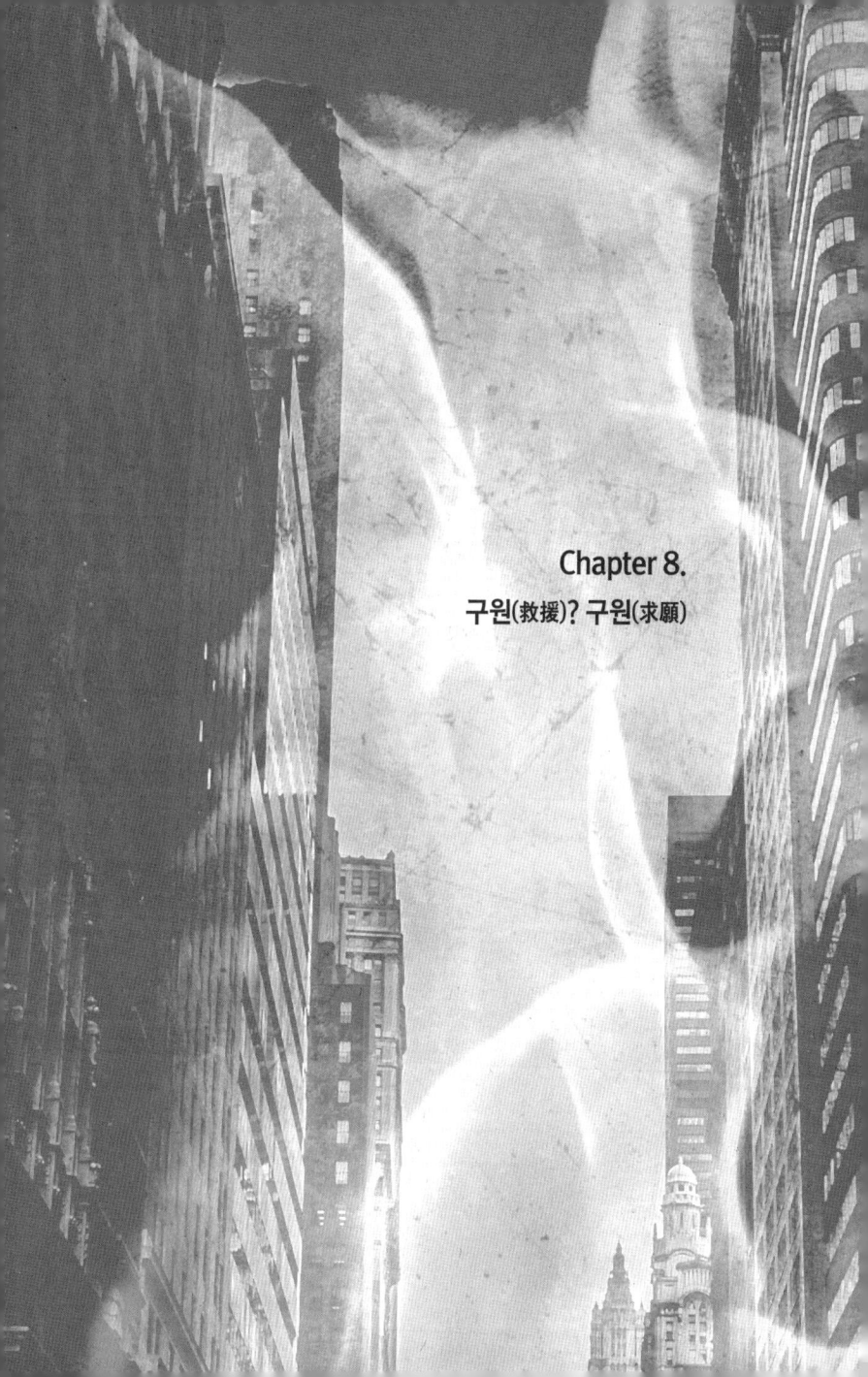

Chapter 8.
구원(救援)? 구원(求願)

―크와악!

―크왁!

몬스터들이 길을 막는다. 더는 가지 말라고 하는 듯이.

그 기세가 제법 흉포한지라 실력도 없는 헌터라면 당장 도주부터 생각하지 않을까 싶은 광경이었다.

많았다.

우리가 소수로 딜러리스를 상대하는 동안, 공격대를 향해서 달려 든 놈들인 듯했다.

한 근거지를 잡고 오래 있으니 노리고 온 거겠지.

혹트롤 때와 같은 이유일 거다.

영역을 차지하기 위함. 그도 아니면 부족한 사냥감을 채우기 위해서.

몬스터들도 나름의 규칙이 있고, 그 규칙 아래 살아가니 어느 정도 예상은 했던 일이다.

─키야아아악!

꽤 의외인 건 물소를 닮은 키러른의 옆에 다른 몬스터가 있다는 거 정도.

딜러리스처럼 정신지배를 이용하는 건지, 키러른들은 옆에 있는 놈을 신경도 안 쓰는 느낌이었다.

'또 새로운 건가.'

짜가클롭스에 이은 새로운 몬스터가 태어났다는 의미일지도 모른다.

어쩌면 새로운 게이트가 생겨 각성체가 모습을 드러냈을지도 모를 일이다.

각성체를 흡수하게 되면 생각 이상의 힘을 얻을 수 있으나 지금은 그런 것을 신경 쓸 때가 아니었다.

당장 돌아가야 할 곳이 있다.

그러니 누구보다 냉정하고 무겁게, 모두를 향해서 읊조렸을 뿐이었다.

"뚫자. 최단 속도로 뚫고 간다."

"알았다."

허웅을 포함한 다른 이들도 모두 그 뜻을 알아들었는지, 평소 하던 농담 하나 없었다.

탱커들이 대열을 잡고 그 사이에 근거리 딜러들이 자연스레 들어간다.

순식간에 벽 하나를 만들었다.

그 뒤로 원거리 딜러와 힐러들이 자세를 잡는다.

뛸 자세다.

모두가 뛰기 직전의 자세를 잡고 있었다.

물소처럼 뿔로 들이박는 키러른을 상대로 뛰기 위한 자세를 잡다니.

서로 부딪치면 손해 보는 쪽은 십중팔구 헌터 쪽이 될 수밖에 없다. 그만큼 미친 짓도 없을 거다.

그래도 우리 중 누구 하나도 뛰는 것에 두려움을 가진 자는 없었다.

"간다!"

내가 가장 먼저 달리기 시작했다.

"따라가!"

그 뒤로 헌터들이 같이 따라 뛰기 시작한다. 모두 기세등등했다.

─크와아악!

되지도 않는 소리를 내며 키러른도 달려들기 시작한다.

가까워진다. 모두 힘을 불어넣는다. 부딪친다.

'벤다.'

가장 먼저 부딪친 건 나.

콰아아아앙—!

얇디얇은 불의 채찍이 아니라, 거대한 검을 형상화시켜 뽑아냈다.

단번에 뭉텅이로 불의 기운이 빠질 만큼 거대한 힘이 들어간 대검이었다.

그걸 그대로 휘둘렀으니 폭음이 만들어질 수밖에.

한 번 휘두를 때마다, 거대한 불의 검이 조금씩이지만 힘이 약해진다.

'계속한다.'

거기에 다시 힘을 더한다.

뒤는 생각하지 않는 듯이. 어서 움직여야만 하는 게 내게 절체절명의 과제라도 된다는 듯이.

묵묵하게. 그 어느 때보다도 경건하게 검을 휘둘러 갈 뿐이었다.

"어서 가자! 뚫어!"

"우와아악!"

"속도 더 내!"

효율적이지도, 그렇다고 멋있지도 않은 한바탕 전투일

뿐이다.

바보 같은 짓이다.

어쩌면 이렇게 부딪칠 게 아니라 차분히 몬스터를 사냥하는 쪽이 더 빠른 길일 수도 있다.

결국 바보 같은 의지다.

그런데도 나의 바보 같은 의지를 공격대원들이 따라준다.

언제나 앞서 나가는 내 뒤를 언제나 따라주겠다는 듯이. 그러니 나는.

'간다.'

나 같은 못난이를 믿고서, 온갖 고초를 당했을 게 뻔한 그를 향해서였다.

* * *

장진후는 여전했다.

덥수룩하게 난 수염만큼이나, 환자에 대한 마음도 덥수룩하니 그득 차 있는 건지 언제나 운이철 옆이 그의 자리였다.

우스운 표현이다.

그에게 가져온 딜러리스의 정석을 꺼내줬다.

"……."

그는 가타부타 아무런 말도 없이 정석을 살펴보기 시작했다.

이번만큼은 품에서 외눈안경까지 꺼내서 들었을 정도다.

그도 최대한 자세히 살펴보려 하는 게 분명하다.

'잘돼야 할 텐데.'

정예 딜러리스를 일도양단해 버린 나다. 반으로 쪼개지던 딜러리스 안에 있던 정석이다.

그러니 걱정이 된다.

혹시나 정석이 잘못되지는 않았을까.

내 불의 기운이 정석을 상하게 한 건 아닐까 하는 그런 쓸데없는 걱정이 든다.

단순히 판매를 하는 것이 아니라, 운이철을 살리는 데 쓰일 정석이니 더욱 그랬다.

꽈악—

괜스레 손에 땀이 난다. 일 초가 일 분, 아니 한 시간 같았다.

그런 내 속을 아는지 모르는지, 장진후는 정석의 결 하나, 하나를 살펴보고 있을 뿐이었다.

그러다 이내 외눈안경을 다시 품으로 집어넣고서는,

"맞군, 맞아. 제대로 구했어."

"구분이 되는 겁니까?"

"적어도 나는 돼. 실패율이 있긴 하지만."

품평을 해 줬다.

다행이었다. 제대로 구했다니 좋다.

손이 축축해지도록 흐르던 식은땀이 조금은 줄어드는 느낌이었다.

하지만 그도, 나도 알았다.

여기서 끝이 아니라는 걸. 지금까지는 단지 준비 단계일 따름이었다. 준비만 된 거다. 시연이 남았다.

"이차까지는 끝났다고 하셨지요?"

"그래, 전에 암시장에서 가져온 재료들 덕분에 말이야. 괜찮나? 네 전 재산이나 다름없다던데."

"이미 그런 말씀 할 단계는 지나지 않았습니까?"

돈에 아등바등하던 나다.

불가마에 취업했을 때도, 쓰레기 소각장에 갔을 때도 나는 오로지 돈뿐이었다.

그게 한이었으니까.

지금도 그렇다. 나는 돈이 좋다. 돈 싫어하는 사람이 어디 있으랴.

돈에 구애를 받기는 싫다. 돈이 모자라는 건 싫다. 언제나 많고 싶다. 써도 써도 남을 정도로. 그러니 돈은 소중하다.

하지만 적어도 전에 비해서 하나는 배웠다.

"사람이 먼저인 겁니다. 말로만 사람이 먼저다 하는 게 아니라, 적어도 내 인연 닿은 사람은 먼저라 이거죠."

"호구로구나? 크큿. 그런 멍청이를 나도 하나 알기는 하지."

그도 비슷한 경험이 있던 걸까. 회한 어린 표정을 짓는다.

"좋다. 좋아. 내 제대로 해 주지. 이거 밑지는 장사일지도 모르겠는데."

"……부탁드리겠습니다."

고개를 푹하고 숙였다.

암시장에서 돈을 쓰고, 딜러리스를 사냥한 나. 그런 내가 이제는 할 수 있는 게 이런 인사 정도니까.

내가 할 수 있는 최선이니 꼿꼿하게 서 있던 허리를 굽혔다.

"……바보구나. 너도."

"그럴지도요."

"크흐흐, 잘 봐라. 어지간해서는 보여주지 않는 거니까. 어쩌면…… 이 녀석이 마지막 시전 대상자가 될 수도 있겠구나."

"……예."

바로 시작하려는 참인가.

내가 알 수 없는 말을 남기고 시작하는 장진후였다.

역시 나는 세상에 대해서 아직 잘 모른다. 무얼 시전하는 걸까.

그래도 집중은 했다. 적어도 운이철이 깨어나야 한다는 것만은 알았으니까.

* * *

터억. 턱.

남은 모든 재료를 꺼내 들기 시작한다.

암시장에서 가져온 재료들로 이차 치료까지는 완료를 해냈다고 들었다. 내가 사냥을 간 사이에 벌어진 일이었다.

그래선지 막상 꺼내 든 재료는 그리 많지 않았다.

'그래도 다 고급이군.'

삼차 시술은 최고로 정성이 들어가는 건지, 모두가 가장 비싼 것들만 남았다.

그 중앙에 모두가 가져온 딜러리스의 재료가 있었다.

"후으, 이 짓을 또 할 줄은 몰랐는데."

그리곤 마지막.

장진후가 품에서 무언가를 꺼내어 들었다.

그의 집중이 깨질까 아무런 말도 않고 있던 나지만, 물을 수밖에 없었다.

"그건…… 정석 아닙니까?"

"정석이라…… 이건 좀 달라."

"다르다고요?"

"그래. 내 능력으로 조율해 낸 거니까. 뭐 너는 모를 거다. 우선은 보라고. 이 녀석도 이걸 원할 테니까. 이쪽도 이게 마지막 조각이라고."

그가 운이철을 가리키면서 말한다.

운이철이 원할 거라니? 쓰러져 있는 운이철이 뭘 알 거라고 그런 생각을 하는 건가.

그는 가타부타 다른 설명 없이 계속해서 움직이기 시작했다. 초 단위로 움직여야 하는 듯 움직임이 재빨랐다.

투욱— 툭—

쓰러져 누워 있는 운이철의 온몸에 가져온 재료들의 조각들이 얹혀진다.

'역시 주술 같아.'

아프리카에 있는 부두교 주술사들이 이러지 않을까.

규칙적이면서도 불규칙적인 모순된 배치 속에 눈을 감고 누워 있는 운이철은 흡사 인신공양을 위한 제물로 보일 정도였다.

"흐……."

그 배열을 하는 것도 보통 일이 아닌 듯, 자신도 모르게 신음을 내뱉으며 장진후는 계속해서 움직였다.

 운이철의 머리에 내가 구해온 딜러리스의 정석을 올려다 놓는다.

 그리곤, 그 중앙에 그가 가졌다는 마지막 조각을 꺼내 올렸다.

 그러자.

 고오오오오—

 '공명?'

 그 순간을 기다렸다는 듯 요동치기 시작한다.

 그가 올린 사체 조각과 정석, 그 조각이란 것 세 가지가 동시에 옅은 울림과 함께 부르르 몸을 떨기 시작했다.

 마치 살아 있는 생명처럼!

 이 장면을 뭐라 해야 할까!

 그 장면이 익숙한 듯 장진후는 놀라는 눈빛 하나 없었다.

 "……됐군. 잘 봐라, 멍청한 호구야. 너는 변치 않기를 바라마."

 "무슨……."

 나를 강한 눈빛으로 직시를 하고서는 다시 운이철에게로 시선을 준다.

 대답도 없었다.

그 잠깐 사이에도 변화는 있었다.

운이철도 어떤 거대한 흐름에 공명을 하기라도 하는 듯 몸을 부르르 떨고 있었다.

화아아악—

그곳에 장진후의 손길이 일기 시작했다.

투명하면서도 환하게 빛나는 그의 손길을 보고 있노라면, 오래전 치유를 행했다던 성직자의 손길같이 느껴질 정도였다.

아주 세세하게. 머리끝에서부터 발끝까지.

사지 중에서 어디 하나 놓침이 없이 그는 자신의 빛나는 손길을 운이철에게 가져다 댈 뿐이었다.

'음률이 있어.'

싸아아아— 싸아—

장진후가 움직이는 손길에는 분명 그만이 아는 어떤 리듬이 있었다. 그리고 리듬이 짙어지면 짙어질 때마다, 빛은 더욱 거세어졌다.

"큿……."

그만큼 장진후는 지쳐 갔다.

일차 치료를 할 때의 그 모습보다도 몇 배는 더 약해져 간다. 기운 자체가 약해져 가는 느낌이다.

마치 자신의 생명력을 조금씩 태워가면서, 운이철을 살

려내는 느낌이었다.

"지금!"

마지막인가!

끝없이 길어질 거 같았던 그의 손이 그가 꺼내어 든 조각의 바로 위에서 멈추어 든다.

화아아아아악—

"읏……."

너무도 환한 빛이었다. 너무도 환해서 순간적으로 눈을 감을 수밖에 없는.

그리고 그 빛이 전부 사라졌을 때.

"……아."

운이철이 눈을 떴다.

이성이 완전히 돌아온 눈빛이다. 눈동자에 빛이 난다.

멍한 표정으로 '히히' 거리며 정신없이 굴던 그의 텅 빈 눈빛이 아니다.

처음 봤을 때의 그 눈빛이 맞다.

운이철의 눈이다.

이성이 돌아온 게 맞았다.

하지만 나는 그 눈을 보고도 아무런 말도 할 수 없었다.

"……."

그저 침묵을 지키고 있을 뿐이었다.

아무리 그라고 하더라도 적응을 하는 데는 시간이 걸릴 수밖에 없음을 알고 있었으니까.

그가 이리저리 눈을 굴린다.

일차, 이차 치료를 하는 동안 육체는 전부 치료되었을 텐데도.

몸을 움직이지 않고 있었다.

그게 의미하는 바는 명백했다.

'제정신일 때 고문을 당해서겠지.'

흔히들 있는 이야기지 않나.

전쟁에서 다리를 잃은 군인이 자신의 다리가 아직 있는 것처럼 느끼고 그곳에 통증을 느낀다는 이야기.

환지통(幻肢痛), 환상지통(幻想肢痛), 환각지통(幻覺肢痛). 같은 말이 여럿 많다.

멍청한 나도 이걸 아는 이유는.

'헌터들 중에 그런 경우가 많으니까.'

웃기게도 헌터들은 그 반대의 경우도 많았다.

이능력에 문제가 있는 건지, 이능력이 작용이 어떻게 돌아가는 건지는 모르겠다. 그건 복잡하다.

웃긴 건 잘린 다리를 애써 이어 붙여도, 반대로 다리가 여전히 없다고 느끼는 말도 안 되는 경우도 있다 들었다.

환지통과는 전혀 반대인 거다.

그건 없는데 느끼는 거고, 이건 있는데 제대로 느끼지 못하는 거니까.

운이철의 경우에는 팔다리가 전부 나았는데도 고문으로 팔다리를 움직일 수 없다고 생각하고 있는 걸지도 모른다.

그러니 고문부터 받았다는 소리다.

이성적이다 못해 천재인 그는 자신의 팔다리가 고문으로 끊어졌다는 걸 아는 순간, 팔다리를 움직이는 것을 포기했을지도 모른다.

만화 같은 소리다. 하지만 그는 정말 그럴 거 같았다.

지금도.

"기환 씨? 여기는 이송아 님 저택인 겁니까."

"예, 맞아요."

"어떻게…… 아니. 대충은 알겠군요."

팔다리는 전혀 움직이지 않는 채로 상황부터 파악하고 있지 않나.

무의식에라도 움직여야 할 건데, 참으로 신기한 사람이다.

'제대로 된 건가.'

그래도 일반적이지 않은 반응인지라, 괜히 걱정이 된다.

그 상황을 가만 지켜보던 장진후가 내 불안함을 읽었는지 대신해서 나서 준다.

"자네, 팔다리 움직여도 되네."

"어? 네? 그런데 혹시⋯⋯."

운이철은 기억을 더듬는 듯 인상을 구겼다. 기억을 더듬는 게 머리가 지끈지끈 아파 오는 듯했다. 말을 다시 잇는다.

"성함이 장진후⋯⋯."

"그런 게 뭐가 중요하나. 어서 움직여 보기나 해!"

"네, 넵!"

처음으로 운이철의 바보 같은 표정을 본 거 같다.

많이 당황해 보인다.

그러다 이내.

"어? 어엇!?"

나처럼 바보같이 헛소리를 잔뜩 내면서 긴장한 듯 천천히 오른쪽 팔을 들어 올린다.

'됐다⋯⋯.'

그가 놀란 눈으로 팔다리를 하나씩 움직이는 걸 보고 나서야 안심하는 마음이 든다.

바보일 때는 잘도 움직이더니, 이성을 되찾으니 되려 천천히 움직이다니.

혹시나 잘못되는 게 아닌가 했잖아.

저 운이철이라는 양반도 참 여러 가지로, 사람 마음을 조마조마하게 하는 양반이다.

*　　　*　　　*

 시일이 꽤 흘렀다. 삼 일도 더 되는 시간이 훅하고 흘러가 버렸으니까.
 그사이 나는 많은 걸 물었다.
 "대체 어떻게 된 겁니까? 무슨 일이래요? 아니, 누가 그랬습니까?!"
 궁금증이 많지 않은가. 아니 많을 수밖에 없지 않나!
 그런데도 운이철은 아무 말도 하지 않았다. 입을 꾹 닫고만 있었다.
 다만 자신의 팔다리에 대한 적응이 다시 필요한지 조금씩이나마 재활을 해 나갈 뿐이었다.
 그 모습에 나도 모르게 폭발을 해버렸다.
 깨어나기만 하면!
 당장에 그가 제정신만 찾으면, 그때부터는 일이 술술 흘러갈 거라 생각했다.
 돈은 아깝지만 다시 벌면 될 일.
 언제나 큰 힘이 되던 그가 깨어나게 되면 훨훨 날 수도 있으리라 생각을 했다.

그런데도 그게 아니었다.

생각과 현실은 다를 때가 있다지만, 이건 좀 배신감이 드는 상황이기도 했다.

남자 사이에 애틋한 건 바라지도 않았지만, 오직 침묵이라니.

이건 너무하지 않은가.

그래서 어느 날 나도 모르게 장진후와 함께 몸에 적응을 하고 있는 그에게 폭발하듯 외쳐버렸다.

"대체 왜 이러는 겁니까! 말이라도 해야 할 거 아닙니까! 적어도 당신을 살린 사람인데!"

"……아직은 위험하니까요."

그런 나를 보고 그는 입술을 질끈 한 번 물고서는 위험하다 말할 뿐이었다.

처음으로 꺼낸 말이었다.

그러곤 한참, 침묵만을 유지하더니.

"이송아 님을 봐야 할 거 같습니다."

스승을 찾을 뿐이었다.

스승은 무슨 일에선지, 일부러라도 모습을 드러내지 않고 있었는데 운이철이 먼저 찾아 버린 거다.

"저는 못 믿는 겁니까?"

"아니요. 그런 게 아닙니다. 저도 더 많은 걸 알아야 해서지요. 그리고 얻어야 할 것도 있습니다."

"알아야 해서라……."

바보 같게도 그 눈빛은 나랑 비슷했다.

내가 아무것도 모를 때의 눈과 비슷했다.

호기심, 궁금증, 설렘, 공포. 그런 여러 가지 감정이 뒤섞여 있는 눈빛이었다.

'기다렸어야 하나…….'

내가 너무 서둘렀나 하는 생각도 들었다.

며칠이란 시간이 훌쩍 지났지만, 그는 지난 몇 달 동안 이성이 나가 있던 사람 아닌가.

육신, 정신 뭐 하나 빠지는 거 없이 고문을 당했던 이다.

그런 상태에서 이제 정신을 차리고, 조금씩 적응을 해 나가기 시작한 지가 불과 며칠이다.

그런 그에게 내가 너무 급히 물었을지도 모른다는 생각이 들기는 했다.

'호구 같네. 쯥…….'

어째 운이철한테는 여러모로 져주는 느낌이 들지만 아직은 환자 아닌가.

다 치료됐다고 말해도 적응이 필요한 환자.

그러니 어쩔 수 없이 이번은 져줘야겠다 싶었다.

"알겠습니다. 스승님을 데려올 테니까. 그 뒤는 꼭 나한테 말하는 겁니다. 알았죠?"

"당연합니다."

거짓은 말하지 않는 그 아닌가.

스승에게 얻어야 할 게 뭔지는 모르겠지만, 그도 나중에 알려주기는 할 거다.

그는 약속은 지키는 자니까.

스승을 부르고자 움직이면서도, 그에게 해 줄 말은 해 주고 가야겠다 싶었다.

"그리고, 다 되면 아주 제대로 부려줄 겁니다. 그 서류들에 담겨 있던 계획대로요."

"보신 겁니까?"

"네. 아주 암호도 복잡하게 해 놓으셨더군요."

"쉬웠는데요?"

"개소리! 하여간 천재들이란……."

"푸훗. 정말 쉽게 낸 겁니다."

헌터 관리원에서 얻은 서류와 USB에 대한 이야기다.

그 안의 내용은 꽤 거창하고 컸다. 그 암호도 꽤 어려웠는데, 저 양반은 쉽단다.

'하여간…….'

저런 천재들이란 어쩔 수 없다 싶다.

'암호에 관해서 더 말해 봐야 내 손해다. 젠장.'

그래서 재빨리 말을 돌렸다.

"어쨌든 그 내용대로 할 거니까. 아주 제대로 굴러다녀야 할 겁니다. 계획만 툭하고 던지고 가면 어쩝니까?"

"흐흠……."

그 안의 내용대로라면, 아니 그가 나를 보고 짠 계획대로라면 난 평생을 다 바쳐야 할지도 모를 일이었다.

그런 걸 주고도 그는 묵묵부답.

달리 말이 없다.

그러다, 내가 답답해서 나서려는 찰나에 그가 눈을 빛내면서 말한다.

"계획이 변경됐습니다."

"변경요?"

"예. 제가 있을 때와 없을 때는 다른 거 아니겠습니까. 더 보완하고. 그리고……."

그가 잠시 뜸을 들인다.

눈빛에 약간의 장난기가 어린다. 생기가 돈다.

"그리고?"

"더 굴러야죠. 제가 돌아왔는데. 대충 하실 생각이었습니까?"

"엇?"

이거 뭔가 잘못된 느낌인데.

"제가 있는데 더 크게, 더 제대로 구르셔야죠. 그래서 이송아 님도 찾는 거 아닙니까."

"어어? 뭐요?"

이 양반.

하기는 처음 날 봤을 때도 넘겼던 의뢰가 목숨 걸고 하는 것이었지!

이 사람이라면 나를 몇 번이고 뒹굴고, 또 뒹굴게 할 수 있는 사람 아닌가.

지금에야 적응했지만 나를 불 노예로 만들었던 사람도, 스승에게 집어넣어 제자로 만들었던 것도 이 양반이었어!

─당신이 소름 끼치도록 싫습니다.

라고 보냈던 게 엊그제 같다.

전에 나를 뒹굴게 할 때는 미안한 기색이라도 있었는데!

"후후. 걱정 마시죠. 진짜 죽기야 하겠습니까."

지금은 아주 당당하다.

전에 없던 독기까지 생긴 눈빛이었다. 지난 일로 독기를 얻은 건가!

순간 퍼뜩 생각이 들었다.

"고문 후유증입니까? 고문 후유증으로 사람이 잔인해졌다거나……."

"설마요. 대신 저들이 워낙 크고 거대하니 제대로 하려면 기환 씨가 굴러야 할 뿐인 겁니다."

"씁…… 젠장."

운이철을 위해서 복수를 해 주겠다 했던 나 아닌가.

하지만 저러고 악마의 미소를 짓고 있으니 왠지 내가 사람을 잘못 살린 게 아닌가 하는 후회가 스쳐 갈 정도다.

그런 날 감상하듯 슬쩍 보고서는.

"어서 불러오시지요. 언제고 제 왕이 될 사람 아닙니까. 당신은."

"……쳇."

소름이 우스스 돋는 민망하고, 못 말릴 말을 하고서는 나를 재촉할 뿐이었다.

'왕이라니…….'

이 사람이나 저 사람이나 다 왕을 노리는 건가.

라고 생각이 들면서도 슬쩍 웃음이 나왔다.

운이철 그가 무언가 인정을 한 듯한 느낌이 들었으니까.

조금은 가벼운 마음으로 스승을 찾았다.

"드디어 때가 온 거야?"

"그런가 봅니다."

"가 볼까."

며칠이고 운이철을 피했던 스승은, 별말도 없이 몸을 움직였다.

여전히 아름다웠고 움직임도 가벼웠지만, 분위기가 전보다 무겁게 변해 있었다.

"가 봐, 제자. 기다려도 되기는 하지만, 안은 안 돼."

"……흠. 그러죠."

장진후까지 나왔다. 안에는 오로지 스승과 운이철뿐이었다.

잠시지만 둘이서 꽤 긴 이야기를 나누는 듯했다.

고성이 오고 가지는 않았지만, 전쟁을 치르듯 치열하게 이야기를 하는 듯한 기세가 문밖으로도 느껴질 정도였다.

정말 오랜 시간이 지나고 스승이 지친 얼굴로 문을 열었다.

그리곤.

"제자도 그렇지만 이 사람도 고집불통인데? 쯧, 바보같이 다들 목숨을 걸면 어쩌자는 건지."

"네? 그게 무슨 소립니까?"

알지 못할 소리를 해 버린다.

답을 하기에도 지쳐 보이는 스승을 대신해서 운이철이 답을 대신했다.

"저만 편할 수는 없지 않겠습니까. 저도 목숨을 걸었을 뿐입니다."

"예?"

스승은 내 눈빛에도 어깨를 으쓱할 뿐이다.

"바보들끼리 잘해 봐! 다들 열혈에 너무 심취했다니까. 누가 덕후들 아니랄까 봐."

자기가 열혈물 덕후이면서!

우리가 너무 열혈이라는 말도 안 되는 소리를 하고는 유유히 자리를 피할 뿐이었다.

"대체 뭡니까!?"

일이 이상하게 돌아가고 있었다.

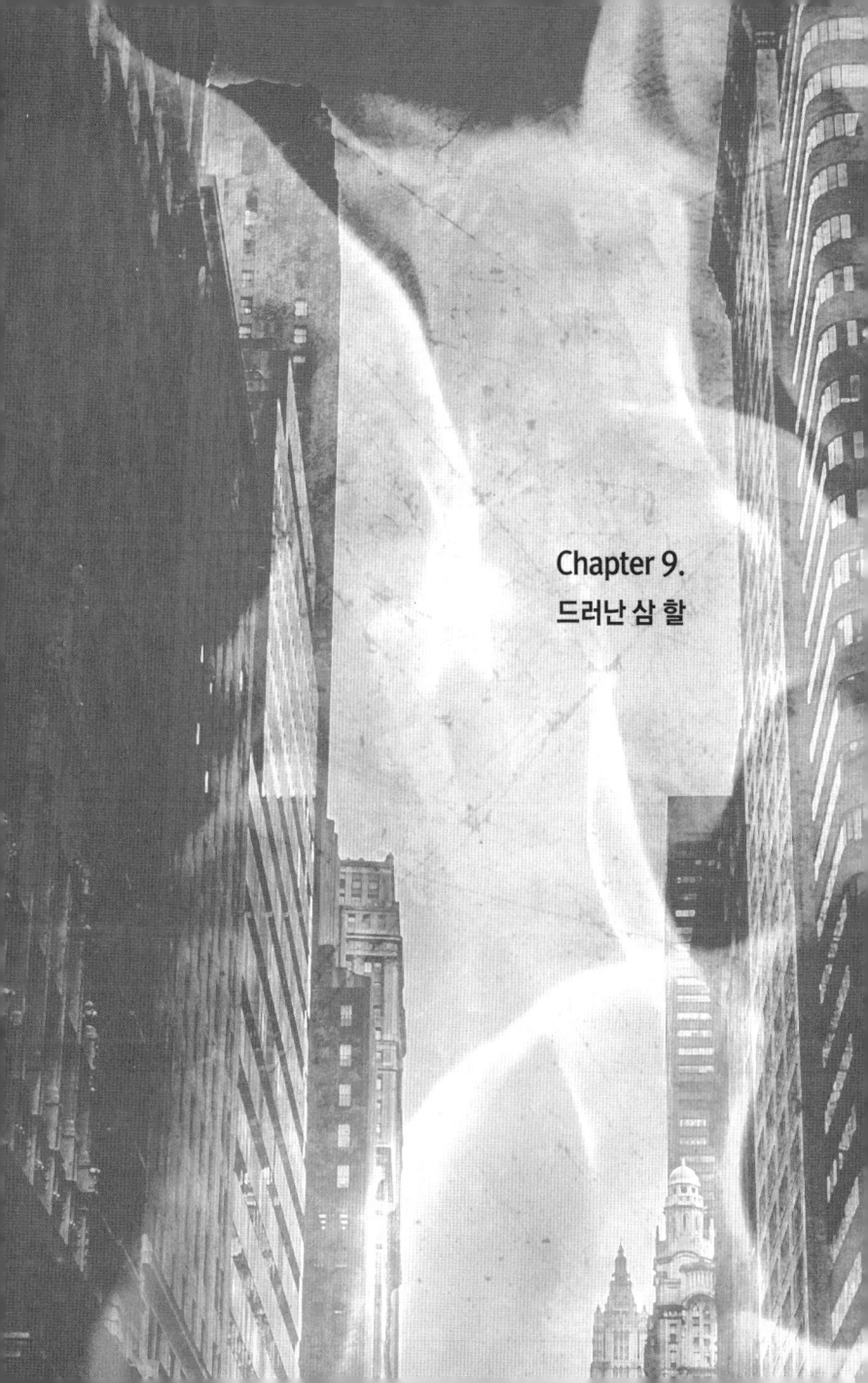

Chapter 9.
드러난 삼 할

그는 공상가일까. 전략가일까.

운이철이 한 말은.

"앞으로 우린 드러난 삼 할로 모든 걸 차지해야 합니다."

밑도 끝도 없는 소리였다.

내가 스무 명을 이끄는 공대 대장이 된 것도 상상치 못한 일이었지만, 이 사람은 항상 한 술씩 더 뜬다.

드러난 삼 할이 뭔지, 차지해야 하는 모든 것이 뭔지도 감도 안 잡힌다.

그런데도 그는 자신감에 찬 표정이었다.

그리곤 재촉한다.

"결국 마지막엔 모든 걸 다 드러내고 차지해야겠죠. 그러니 가죠."

"어디로요?"

"구르러 가셔야 할 거 아닙니까. 그리고 저도 목숨을 걸겠습니다."

아까부터 저 소리다. 목숨을 건다는 것.

고작해야 사냥터를 따라다니는 게 목숨을 걸겠다는 이야기가 아니다.

그가 목숨을 걸겠다는 이야기는, 다른 것을 두고 한 이야기였다.

'……스승은 왜 저 부탁을 들어주는 거야?'

운이철이 스승에게 부탁한 내용은 아직 다른 이들에게 말해 주지도 않았다.

하지만 어차피 그가 스승에게 부탁한 일은 실행하기까지 시간이 걸리는 일이기도 했다.

운이철이 하려는 일은 하겠다고 할 수 있는 일이 아니라 '때'를 기다려야만 할 수 있는 일이기 때문.

해서 시간을 들여 기다려야 하는데 그 사이에, 나보고 구르란다.

어차피 말려도 안 들을 사람이다.

"휴…… 그래서 어디로 가면 되는 겁니까?"

"기환 씨 표현을 빌리자면 불빨 받으러 가야죠."

"젠장, 또 불노예가 된다거나 하는 건……."

"설마요. 우선 일주일만 시간을 주시죠. 일 단계입니다. 후후."

그의 눈이 빛나고 있었다.

그리고 그는 나. 만 굴릴 생각이 없었다.

* * *

첫날.

"흐흠…… 흠……."

운이철은 허웅을 불러들이고서는, 그로부터 공격대에 관한 걸 파악했다.

사실 하루도 걸리지 않았다. 금방 해냈으니까.

동시에 어떤 큰 그림을 그리는지 몰라도 파악한 공격대원들을 하나씩 불러들이기 시작했다.

"물의 힘을 쓰신다지요?"

"네? 네네……."

병약 미소년 이미지의 이박. 물을 사용하는 딜러, 그가 첫번째였다.

이틀째.

힐러인 이지민부터 불러들이기 시작했다.

"보자. 일반적인 힐러시군요?"

"그, 그렇죠?"

이박으로부터 뭔가 들은 게 있는지, 헌터인 그녀가 일반인인 운이철에게 잔뜩 긴장하는 진풍경도 나왔다.

'이제는 완전히 일반인이라고 보기도 뭐하긴 하지.'

진실이야 우선 넘어가도록 하고.

운이철은 그 혹은 그녀가 긴장을 하든 말든 자신이 할 일을 해 나갈 뿐이었다.

"여기서 효율적인 거라고 하면……."

"예?"

나에게 그러했듯이, 사람들을 분석해 냈다. 그리곤.

"이 방식이 좋겠습니다. 이만 가 보시죠."

"네, 넵!"

"그리고 다음으로 이서영 씨?"

"예!"

"가시방패 이후로 발전이 없어요. 탱과 힐 전체적인 능력은 강해지셨지만, 이를테면 상상력의 문제인데요."

암묵적으로 우리 공대의 최강자나 다름없는 이서영조차도 공략(?)해 내었다.

그리고 마지막으로 하얗게 불태운 쪽은.

"허웅 씨?"

"네!"

"의뢰 때 한 번 보기는 했죠. 흠…… 전체적으로 준수하게 성장하셨네요?"

"그렇죠!? 역시! 꽤 잘했습……."

"아뇨. 그냥 준수할 뿐입니다. 이능력이 강해지면 탈모도 낫는다는 거 아십니까?"

"헛!"

"어엇!"

탈모도 낫는다니. 이번에는 나도 놀랐었다. 그리고 모두들 놀랐다. 어, 그런데…….

'상급 이능력자 중에서도 탈모인 사람 있지 않나…… 이능력으로도 치료가 안 되는 희귀 케이스라 들었는데.'

왠지 이상한데?

내가 이상함을 느끼든 말든 허웅은 이미 이성을 잃었다. 어느새 운이철의 두 손을 꼭 잡고 있었다.

"그런 방법이 있습니까! 그럼 어서 성장 방법을!"

"흐흠…….""

뜸을 들이는 운이철.

"제, 제발! 자라나야…… 아니 어쨌든 필요합니다. 많이

요!"

더욱 달라붙는 허웅. 그는 매우 절박해 보였다.

자신은 탈모가 아니라, 이마가 조금 넓을 뿐이라더니.

자기도 말을 하면서 뻥임을 알고 있는 게 분명하다.

"잘 따라오실 수 있겠습니까? 그동안 들어보니, 연애하시느라 수련도 열심이 아니시라고······."

"이 새끼! 네가 말했냐!"

허웅이 나를 두고 보자는 듯 강하게 째려보고는.

"아닙니다. 설마요! 연애가 대수겠습니까! 자자, 뭐든 말만 해주시지요."

운이철에게는 아부를 떤다.

어디서 봤다. 머리가 자라난다면 연애도 필요 없다고. 특히 탈모제는 성욕을 없앤다나 뭐라나.

'새끼······.'

절박함이 느껴져서 아무런 말도 못 하겠는데, 운이철은 눈만 빛낼 뿐이었다.

생각해 보니 저 양반도 고문받는 동안 여자 친구도 못 봤을 거 아닌가.

지금도 사정상 연락도 못 하는 상황이니.

'······솔로로구나. 그래서 그런 건가.'

천하의 운이철이 솔로 부대에 들어온 셈이다.

어쩐지 '연애'라는 단어에 눈빛이 매섭더라.

어쩌면 이것도 솔로 부대에 허웅을 다시 소환하기 위한 큰 그림일지도 몰랐다!

그걸 아는지 모르는지!

"어서요."

"후후. 버티실 수만 있으시다면야……."

"얼마든지 할 수 있습니다!"

허웅은 이미 운이철의 열렬한 신도가 되어 있었다.

"하기는 기환 씨도 버텼는걸요. 자아, 우선 시작은 말입니다."

그렇게 그는 허웅을 필두로 온갖 감언이설과 확신을 주면서 공격대원들을 움직이도록 만들었다.

이전까지의 공격대가 나를 중심으로 해서 조금은 안일한 구석이 있었다면, 지금은.

"거기! 더 강하게!"

"알겠습니다! 하앗!"

공격대원 전체를 수련 삼매경에 빠지게 만들었다. 다들 눈빛이 '열의에 활활 탄다!

나에게 기대게만 하는 것이 아니라, 개개인이 수련 의지를 불태우도록 만든 거다. 단 이틀 만에.

'미친…….'

다음날 삼 일째.

수련을 지켜보면서 이제야 좀 확신이 들었다.

나도 처음에 그러기는 했지만, 운이철은 묘하게 사람을 홀리는 재주가 있다.

채찍과 당근을 아주 잘 사용한달까.

지금만 해도 봐라. 미친 듯이 수련만 하고 있지 않나.

자라나라 머리! 머리! 든 그도 아니면 어떤 다른 미끼든 물게 해서 의지를 고취시켜 버렸다.

'단 이틀 만에 저러다니…….'

아주 무서운 능력이었다.

그걸 내가 멍하니 바라보고 있으려니, 어느새 그가 내 옆에 와서 말을 꺼냈다.

"꽤 빠르게 됐군요. 수련 좀 지켜보고 계셔 주시죠."

"……또 뭘 하려고요."

"저는 또 이 다음을 준비해야 하니까요."

왠지 두려워 물어보지 않을 수가 없었다.

저 사람은 당연하다는 듯 사람을 굴리는 재주가 있으니까!

"하아…… 다음은 뭡니까. 대체."

"공격대 전체 힘의 실험이죠. 그 다음은 차차 알게 될 겁니다."

"흐……."

사실 예상이 가기는 한다.

그가 내게 준 시나리오라고 하는 게 있었으니까.

그게 내 새로운 목표였고 그걸 위해 나아가고는 있기는 했지만, 설마 이런 식으로 몰아붙일 줄이야!

"기대하시죠. 후후."

내가 어떤 얼빠진 표정을 하든 간에 그는 나를 두고 움직일 따름이었다.

그렇게 다시 시간이 흘렀다.

* * *

정확히 일주일째!

"후우…… 후……."

공격대원들의 안일하게 풀어졌던 정신이 다시 옭아매지고.

"이야, 이거 진짜 조금씩 성과 나오는데?"

"……미친. 말도 안 돼. 아니, 그럼 대체 왜 다른 헌터들은 안 이러는데?"

"누가 알려 주기나 하냐? 이런 거?"

"씁…… 그것도 그렇긴 한데. 그동안 애쓴 게 억울하지 않냐."

운이철이 개개인에게 해줬던 과제의 실마리가 아주 조금씩이지만 보이기 시작할 무렵이었다.

이른바 맞춤식 교육의 성과랄까.

내가 처음 단검을 만들 때는 이미지를 그리면서 기술을 만들어가는 기본적인 방법을 썼다면,

이번에는 공대의 개개인에게 조금씩 다른 방법을 제시해서는 앞길을 제시해 줬다.

그것만으로도 실마리가 나오기 시작한 거다.

'괴물…….'

그가 천재인 건 알았지만, 이 짧은 사이 사람들을 파악해 내고 과제로 툭 던져줄 줄은 몰랐다.

궁금해하는 내게 그가 말하기로는.

"본래부터 연구하던 게 있었습니다."

"연구요?"

"그건…… 좀 좋은 일은 아니었죠. 다시 할 짓은 못 됩니다. 그래도 성과는 있으니 좋군요."

무언가 사정이 있었다 말을 하는데 그에 대해서는 역시 함구했다.

아무래도 연구소에서 그가 '미움'을 받기 시작한 일에

관련된 일이 아닐까 싶었다. 소위 라인을 잘못 탓달까.

이 라인에 관련해서 들은 것도 운이철에게 직접 들은 게 아니다.

그가 없던 시절 그에 관한 정보를 줬던, 연구소의 김주영이 얼핏 해 줬던 이야기였다.

어쨌거나 그는 그런 괴물 같은 일을 해내고서는, 아무런 일도 없었다는 듯 평온한 표정으로 다시 돌아왔다.

그리곤.

"다 됐습니다. 이대로 쭉 하면 될 거 같습니다."

"어? 지도 아닙니까. 이게 왜요?"

꽤 큼지막한 화면을 내게 들이댔다.

그 화면 안에는 이것저것 빨간 점이 잔뜩 표시되어 있는, 지도가 있었다.

그 밑에는 빼곡하니 무언가 쓰여 있는 게 얼핏 보인다.

척 봐도 그가 짧은 시간 동안 만든 작전이자 일정인 게 분명하다.

그게 그의 특기니까.

"이거 대체 뭘 의미하는데요?"

"전부 돌면서 사냥해야 할 곳이죠. 말했잖습니까. 힘을 실험하고 측정해야 한다고요."

"미친······."

"빠르게 가죠. 해야 할 일이 많습니다."

빨간 점만 해도 그 수가 꽤 많았다. 그게 다 사냥해야 할 거라면.

'진짜 미친 듯이 굴러야 하잖아?'

정말 한 달 내내 사냥터에서 살아도 다 못 할지도 모른다.

괴물 같은 일정이 될 거다.

그걸 제시해 놓고도 그는 왜 당연한 거에 질려 하냐는 표정으로 나를 바라본다.

당당했다.

"최대한 강해져야 합니다. 아시잖습니까? 그들은 강한 거."

"제대로 말도 안 해 주는 주제에 강해져서 뭐합니까. 뭐 예상은 가지만."

"그러니 어서 출발해야죠? 후후."

"알겠습니다. 애들 준비시키죠."

운이철이 처음 짠 작전으로 움직이기 시작했다.

어차피 시간이 많지는 않았다.

스승님, 그녀가 운이철의 부탁으로 '그것'을 찾아낼 때까지니까.

그 미친 짓을 나는 말리고 싶지만 어쩌겠나. 그의 의지는 계속해서 불타오르기만 하는데.

'좀 늦어졌으면. 아니 찾지 못하면 좋겠네.'

그를 살릴 확률을 높이기 위해서라도 어서 강해져야 할 필요가 있었다.

그러니.

"어서 출발하자!"

재촉해서 바로 움직였다.

힘의 측정을 위해서 그가 안배해 놓은 것은 미친 듯한 일정이었다!

자, 굴러 보자.

*   *   *

―키야아아악!

달려드는 몬스터를 상대로 우리 쪽은 물러서지 않았다.

몬스터 웨이브를 겪어선지, 되려 몬스터를 향해서 느껴야 할 인간의 공포심이란 게 희석되어 있었다.

단지 나아가고 또 나아갈 뿐.

오로지 전진을 하겠다는 생각만 머리에 박혀 있었다.

그게 사상 최대의 명제라도 된다는 듯.

그중 최대의 공헌자는.

"여기서는 루트를 변경해야겠습니다."

"왜요?"

"저들의 습성을 보면 이편이 이로우니까요. 자세한 설명을 해 드릴까요? 꽤 도움이 되실 겁니다."

"흐…… 또 몇 시간 동안 강의할 거죠?"

"물론이죠."

"됐수다. 그건 나중에. 우선은 변경하죠."

역시 운이철이었다.

헌터들은 머리에 단순히 '몬스터를 사냥한다'는 의식만이 박혀 있다면 운이철은 달랐다.

연구원이자 학자의 근성으로 몬스터 그 자체에 대해 연구를 해 온 운이철이었다.

그것도 천재적인 지능으로, 지금까지 연구로 얻은 많은 결과를 머리에 빡빡하게 박아 넣고 있었다.

덕분인지 그는 다른 헌터들에 비해서 타당하게 루트를 짜고 변경할 줄을 알았다.

단순히 루트를 짜는 걸로 끝나면 모르겠는데, 상황을 봐서 응용까지 하니 이만한 길라잡이도 없었다.

'거대 길드 중에서는 연구원을 몇씩 데리고 있는 곳도 있다더니 이유가 있었어.'

어째서 헌터 관리원에서 연구원들을 쓰는지 알 수 있는 대목이었다.

이런 재능이 있으니까, 비싼 돈을 들이고 연봉을 주면서 써 가는 걸 거다.

웃긴 건 몬스터를 상대로 싸우는 건 헌터인데, 연구원들이 가진 지식은 자신들끼리만 독식을 한달까?

'연구 결과를 쓰기도 한정적으로 쓰면서 말이지.'

연구원들의 연구 결과를 제대로 활용하기만 하면 몬스터의 영역은 훨씬 줄어들지 않았을까?

운이철의 활약을 보면 볼수록 그 생각은 더욱 굳어져 갔다.

'빨라.'

단순히 머리 안의 지식으로 끝나는 게 아니라 그가 루트를 잡고,

"오늘 근거지는 여기가 좋겠습니다. 다음으론 조금 돌아가죠. 동쪽으로요."

이동을 시키고,

"3초 단위입니다! 아시죠! 연습하신 대로만 가면 됩니다."

"옙!"

몬스터를 잡게끔 할 때마다 속도가 빨라진다.

운이철 없이 우리만으로 여기까지 오려고 했다면 시간이 더 걸렸을 게 분명하다.

전략가 하나가 추가되는 걸로도 이렇게 달라질 수 있다니.

대단한 위력이었다.

'덕분에 나도 수월해졌지.'

전에는 내가 지휘를 내려야 했다. 내가 전방에서 뛰면 허웅이라도 나서서 지휘를 했다.

근데 그게 잘될 리가 있나.

허웅도 탱커로서 탱킹을 해야 하지 않나.

다른 헌터들도 마찬가지로 역할이 있고.

그러니 제대로 지휘를 한다기보다는 그때그때 주먹구구식으로 나가는 느낌이 강했다.

허나 지금은 운이철이 도와줌으로써 족쇄가 하나 풀린 느낌이다.

'수월해.'

사냥을 할 때 주변을 좀 더 덜 신경 써도 됐다.

운이철이 적재적소로 움직이게끔 해 주는 것만으로 내 움직임이 한층 가벼워진 느낌이었다.

전장에서 신경 써야 할 것이 하나 줄었다는 게 그만큼 위력이 컸다.

'삼국지에서 군주들이 괜히 전략가를 가지는 게 아녔어.'

뭐 이왕이면, 내가 군주로서의 능력과 전략가로서의 능력 둘 다를 가졌으면 좋겠지만 그건 일단 타고나야 하는 거 아니겠나?

운이철을 얻었으니 된 거겠지.

유비가 제갈공명을 얻어 날개를 달았다면, 난 운이철로 날개를 달았을지도 모르겠다는 생각은 좀 과장이 클까?

어쨌든 좋다.

전략가 하나가 추가되는 걸로도 많은 게 달라졌으니까.

운이철이 아직 완전히 '준비'가 되지는 못해서 일부 딜러가 그를 경호해야 하는데도 불편함이 안 느껴지니 말 다 했지.

'준비'가 되지 않아 힘이 없는 상태의 그로도 이 정도라면.

'그가 진짜 목숨 걸고 하는 도박이 성공하면……'

진정으로 그가 준비가 된다고 하면 그때부터는 그도 훨훨 날아다니지 않을까 싶을 정도다.

"바로 갑니다!"

"오케이!"

그의 전략 아닌 전략에 오늘도 전진을 한다.

그러고 나서 딱 사흘.

"뚫었다."

"역시 최단 루트."

일차 목표지라고 할 수 있는 경기 북부 사냥터 끄트머리쯤에 도착했다.

더 끝도 있기는 했지만, 우선은 여기까지가 우리의 이정표 중 하나임은 분명했다.

* * *

"잠시만 기다려 주시죠."

"얼마든지요."

사냥터 주변에 몬스터가 없음을 파악했다. 가장 먼저 움직이는 건 공격대원들이 아닌 운이철이었다.

어째 그가 가장 활약을 하는 거 같지만 어쩔 수 없는 일이다.

'우리는 할 줄을 모르니까.'

그는 계속해서 주변을 두리번거렸다. 그리곤 이내 필요한 것을 찾았다는 듯 다가가기 시작했다.

울창한 풀숲 한가운데에서 저런 걸 찾아내는 것도 재주

라면 재주였다.

'못 찾을 것도 없는 거긴 하지.'

꽤 깊은 냄새, 아니 악취가 나서 찾자고 마음만 먹으면 쉽게 찾을 수 있는 거긴 했다.

그 정체는.

"으으…… 또 찾아냈네요."

"시끄러. 다 해야 할 일이라고."

"……예."

똥이었으니까.

그가 찾아낸 건 다름 아닌 몬스터의 똥이었다.

작지는 않고, 사람 팔뚝만 한 거였다. 싼 지 오랜 시간이 지나진 않았는지 굳어 있지는 않았다.

그래도 오래되든 안 되든 시큼한 냄새는 강했다. 아니 썩은 내에 똥내까지 섞여서 악취가 더 심해지는 느낌이었다.

그런 것에 운이철은 잘도 다가간다. 그리곤.

쯔왑—

공간 장치에서 그가 가지고 온 기구를 꺼내 든다.

가장 먼저 장갑을 촤악— 촤악— 하면서 끼고서는, 꽤 신기하게 막대가 달린 여러 개의 기구를 가져다 댄다. 똥에.

"……흐음."

주변은 신경도 쓰지 않고 순식간에 집중을 해 버린다.

그때부터 우리가 할 일이 있었다.

뭐냐고? 그를 보호하는 일이지. 그가 일을 처리하는 동안 보호를 해야 했다.

*　　*　　*

똥을 분석하고 있는 그를 바라본다.

하는 일이 그래선지 시간은 왠지 느리게 가는 느낌이다.

'그래도 하기는 해야 하지.'

이곳에 출발하기 전. 일주일이란 시간 동안 운이철은 작전만 짜고 있던 게 아니었다.

내게 이것저것을 가르쳐줬다. 내가 싫어하는 기색을 보여도 막무가내였다.

한 번 일이 있어 나를 떠나지 않았나.

"언제 또 그런 일이 벌어질지 모릅니다."

"제가 안 그렇게 만들 겁니다."

"모르죠. 그러니 일단은 들으셔야 합니다."

또 그런 일이 없을 거라고 말하는 내 말에도 그는 막무가내였다.

사고를 당하게 되면, 그 뒤로 사고로 인한 후유증이 심하다더니 운이철이 딱 그 모습이었다.

"휴우. 그럼 어쩔 수 없죠."

"그럼 바로 시작하죠."

그의 말이 타당한지라 나는 그가 오전, 오후에 작전을 짤 때는 공격대원의 수련을 봐주고, 밤에는 수업 아닌 수업을 받는 시간을 가졌었다.

그때 들었던 이야기 중에 하나가 바로 몬스터의 분석.

"헌터들은 마치 사냥을 게임처럼 하는 경향이 있습니다. 좀 가볍게 여긴달까요?"

"그럴 리가요. 다들 목숨 걸고 하는데요."

내 말에 운이철은 고개를 휘휘 저었다.

"아뇨. 그 옛날 사냥꾼들처럼 사냥을 하질 않습니다. 습성을 파악하고, 사냥감을 연구하고, 대응 방안을 생각하는 이들은 적지 않습니까?"

"그건 연구원들이…… 아……."

"그렇죠. 결국 연구원은 헌터가 아니죠. 대다수는."

"……확실히 그렇게 보면 그러기도 하네요."

헌터가 목숨을 걸고 사냥하는 건 여전히 유효하다.

하지만 헌터가 연구를 하지는 않는다. 그건 연구원들이 해야 한다는 인식이 팽배해 있었다.

이상한 일이었다.

'몬스터 습성 파악, 분석, 연구……. 이게 다 헌터에 관련된 일이긴 하네.'

그렇다면 연구를 하면 사냥을 하는 데 있어서, 더 쉬워지는 거는 당연하지 않나.

절대적이지는 않더라도 꽤 유용한 일이 될 것은 분명했다.

그런데도 대다수의 헌터들은 그때그때 필요한 습성을 파악하고 사냥을 할 뿐이었다.

예를 들어 내가 처음 잡던 해구마만 하더라도 많은 정보를 가지고 사냥한 건 아니었지 않나.

정력에 좋다. 물 속성의 몬스터다. 두세 마리가 몰려다닌다 정도다.

그리고 ……항문이 약점이다.

가 내가 새로 얻은 정보라면 정보였을 따름이다.

'뭐…… 생물체라면 다 약점이긴 하겠지만.'

하여튼 특수한 경우(?)를 넘어가고 대다수의 헌터들은 그때그때 잡을 몬스터들만 얼치기로 배우는 느낌이었다.

깊이가 없다.

몬스터를 잡고 사는 게 업이라면 업인 게 헌터인데도 그랬다.

허경석만 하더라도, 파이어 울프를 잡을 때면 울프에 대해서 연구하고 주변 몬스터 몇몇쯤을 주의하는 정도였다.

당장 운이철처럼 그리 연구를 하는 자가 없었다.

운이철은 그걸 지적한 거였다.

내가 이상함을 눈치챈 걸 깨닫자 운이철은 부연설명을 해 줬다.

"대다수 헌터를 가르치는 곳, 학교에서 그런 걸 제대로 가르쳐주지 않는 것도 있으니 그런 겁니다. 그리고 힘의 근원도 문제죠."

"힘의 근원요?"

"예. 갑작스럽게 주어진 힘, 이능력. 그걸 개발하고, 수련하는 걸로도 벅찬 걸 겁니다. 대다수는요. 평생을 가도 자기 힘을 끝까지 개화하지 못하는 헌터도 다수니까요."

"하…… 그래도 뭔가 이상하긴 한데요."

"의문점이 많은 걸 압니다. 그래도 그것도 차차 나아지겠죠. 헌터, 아니 이능력이 생긴 지 얼마 되지 않은 지금 아닙니까."

하기는 헌터가 생긴 지 백 년도 되지도 않았다.

체계가 거의 잡히고, 인간의 영역들이 만들어졌다고 하지만 완전한 것만은 아니었다.

아직 인간은 위태하다. 겉으로만 평화로울 뿐이다.

'당장 몬스터에 관한 분석도 제대로 하지 않는 것도 웃기는 일이지.'

몬스터가 나왔다. 그걸 잡는다. 무지막지한 힘으로.

그건 단순히 영화 같은 이야기다.

좀 더 연구하고, 깨달아야 하는데 그걸 등한시하고 있을 뿐이었다. 대부분의 헌터가.

당연스레 생각했었는데, 알고 보니 참으로 웃기는 일이었다.

내 표정을 읽었을까. 운이철이 첨언을 한다.

"너무 고민은 마시죠. 어차피 여러 이유 때문이기도 합니다. 강한 헌터들이 기득권을 지키기 위해서나, 정보를 독식하기 위해서인 것도 있고요. 깊게 생각할 필요 없습니다. 아직은요."

"그 아직은이란 건, 나중엔 생각해야 한다는 거겠죠?"

"당연한 거 아닙니까. 기환 씨는 이 세대가 되어가는 헌터를 이끌어 줘야……."

몬스터 습성 연구의 필요성. 그 이유. 운이철의 여러 생각. 그러한 것들에 대한 내 상념이 계속해서 이어지려던 찰나.

"방법이 나왔습니다!"

똥을 가지고 주물럭(?)거리던 운이철이 방안을 마련했다.

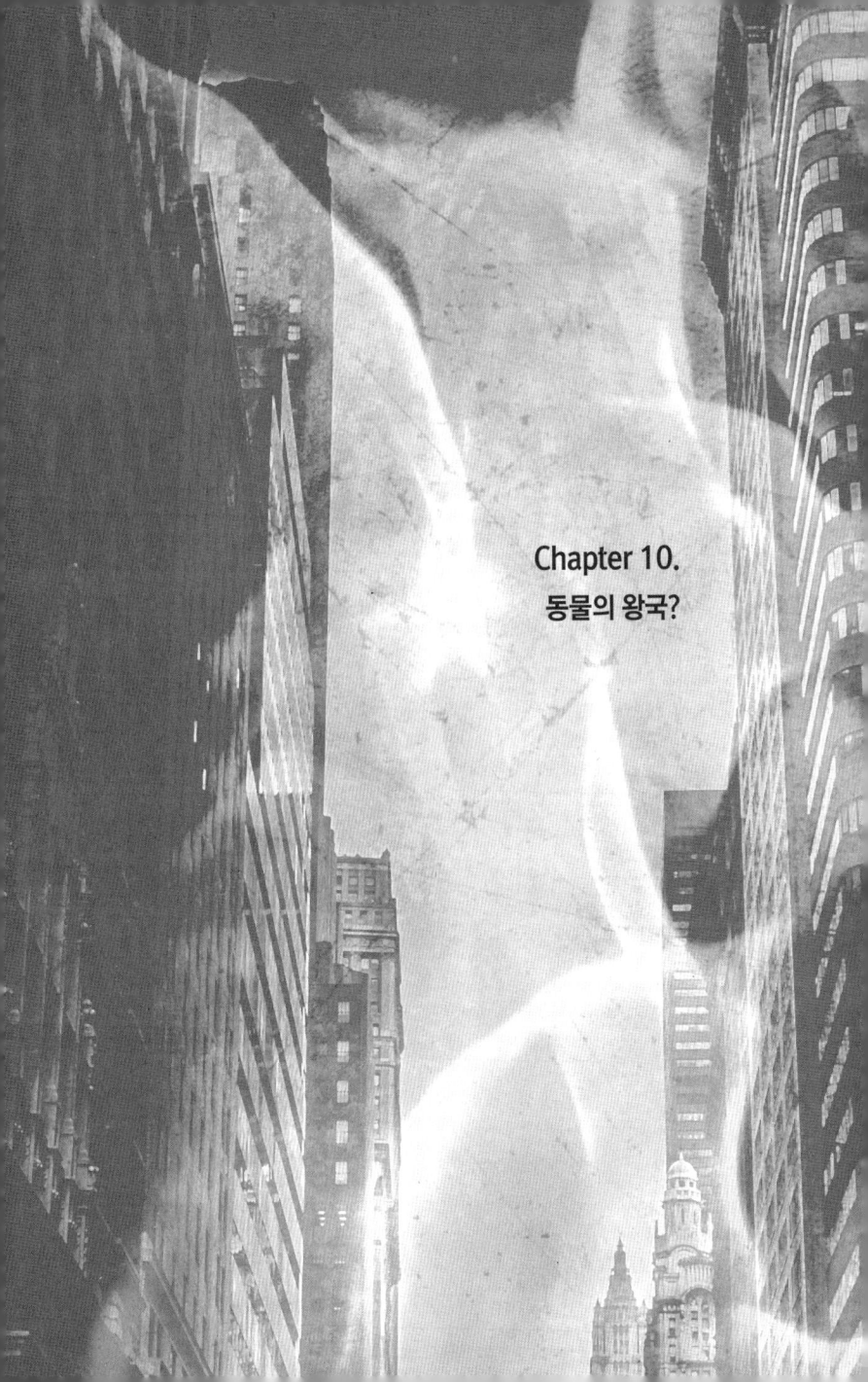

"부팔룬 영역이네요."

"부팔룬요? 흠······."

부팔룬.

키러른하고 비슷한 류의 몬스터다. 이 또한 소가 베이스인 몬스터. 다만 다른 점이 있다면.

'더 강하지. 더 세고.'

떼로 몰려다니는 주제에 세다.

다만 번식 능력은 키러른보다 약해서 그 무리가 크지 않다는 게 다행이랄까.

북부로 올라가다 보면 몬스터가 강해지기 시작한다고 하

더니, 시작부터 부팔룬 무리가 있는 곳이란다.

"예상하기는 했지만, 그래도 다행입니다. 차라리 부팔룬으로는 쉬우니까요."

예상이라. 그가 아는 지식 한도 내에서 서식지가 변하지 않았다는 소리일 거다.

결국 그 예상이란 것도 연구소 자료를 다 기억하고 있어서 가능한 일이겠지.

그걸 이용한 어떤 방법을 찾아낸 게 분명하다.

"그럼 바로 해 보세요."

"예. 거기 마동수 씨? 그리고 김주은 씨도요."

"예!"

내가 허락을 하자마자 바로 움직이기 시작했다.

"여기에 제가 전에 말한 대로 만들어 주시면 됩니다."

"으……. 똥 있는 자린데."

"그래도 어서 하시죠."

재촉까지 한다.

중력을 사용하는 마동수, 땅의 힘을 사용하는 김주은.

그 둘에서 어떤 합작품을 만드는가 봤더니.

"어쩔 수 없죠. 뭐. 해 볼게요!"

시작은 기합을 팍팍 넣은 김주은부터였다.

본래 그녀는 땅을 이용한 공격에 능한 편이다.

땅을 훅하고 치솟게 하는 것이 주특기이자 최대의 공격 방법이었다.

현재로선 운이철의 밀착 수련을 받는 사람 중 한 명으로, 응용을 공부하고 있었다.

스르르르—

그녀가 눈을 반개하고 집중하기 시작하자 변화가 시작된다.

땅이 살아 있는 생물이라도 되는 듯 조금씩 그 속살을 드러내기 시작했다.

순식간에 일어난 일이다.

하지만 이걸로도 꽤 지치는 일이 되는 건지, 순간적으로 얼굴이 벌게진 김주은이었다.

"난가. 휴우…… 이거 어려운 건데."

"전에 말씀드린 대로 응용하시면 됩니다. 힘을 좀 빼시고요."

"해 보죠."

다음은 바로 마동수.

중력을 다루는 그는 중력을 이용한 흡입력으로 무지막지한 힘을 보이곤 했다.

문제는 공격의 지속 시간과 준비 시간.

공격 한 방을 날리는 데 시간이 꽤 걸린다는 게 문제였다. 지속 시간이 늘어날수록 힘의 소모도도 컸고.

'시간이랑 제일 많이 싸우는 놈이지.'

결국 적재적소에 힘을 쓰기 힘든 게 그의 이능력이다.

준비된 곳에 제대로 날려야만 그 힘이 최대로 발휘된달까?

파티를 만나지 못해서는 절대적으로 힘든 게 마동수였다. 그래도 지금은 꽤 나아졌는지.

고오오오—

그가 힘을 사용하자, 속살을 드러냈던 땅굴이.

'단단해졌다.'

척 봐도 느껴질 만큼 단단해졌다.

김주은이 기본 틀을 만들어냈다면, 마동수가 그걸 마무리해 버린 거다.

순식간에 만들어진 땅굴이지만 분명 튼튼해 보이는 땅굴이 만들어졌다.

비록 똥이 있던 자리지만!

굉장히 신기한 광경이기도 했다. 그 안으로 가장 먼저 운이철이 들어선다.

꽤 넓은 땅굴. 우리 공격대를 다 넣고도 남을 땅굴을 한참 살핀다.

"좋군요."

"와, 다행이네요."

"자자, 다들 들어오시죠. 제대로 먹혔는지 보려면 한참을 기다려야 하니까요."

그리곤 똥굴에 우리를 초대했다.

몰캉몰캉. 아니 꽤 단단하기만 한 똥, 아니 동굴을 향해서 모두가 들어갔다.

* * *

입구는 간단하게 위장을 해 놨다.

쉽게 말해 풀로 가리고 그 옆에 똥을 다시 얹어 놨다 이 말이다.

'하, 어째…… 똥 이야기만 하는 거 같아.'

그래도 이 똥이라고 하는 게 이번 작전의 핵심.

부팔룬은 똥으로 영역 표시를 하는 동물이라나. 자신이 싸 놓은 변이 있는 곳을 돌고 돌면서 활동하는 게 부팔룬이란다.

그러니 이 똥, 아니 이제부터 변이라 하고. 이 변만 제대로 있으면 안심하고 평소처럼 활동을 한단다. 지 영역이라고 착각을 하고.

'몬스터치고는 멍청한 거 같기도 하고.'

어째 이런 간단한 방식으로 속이는 게 될까 싶지만.

"오늘 내로는 안 올 겁니다."

"진짜요?"

"네. 장담합니다. 부팔룬은 그나마 쉬워요. 변의 굳기로 봐서 다 굳지는 않았으니 이틀 정도는 모를 겁니다. 다 굳어야 또 싸러……."

"그만! 자세한 설명은 됐습니다!"

무려 운이철이 장담을 해 주니 어쩌겠는가.

근거로 대는 것도 너무 자세해서 더 들어줄 수도 없었다.

중요한 건. 단지 변 아래에 동굴을 만들어 냈다는 거만으로도 이틀 정도는 머무를 수 있는 임시 근거지를 확보할 수 있었다는 거다.

거기서 끝나지 않았다.

'계획대로만 되면 일석이조도 아니고 삼조가 되겠지.'

운이철의 작전은 꽤나 치밀했다.

* * *

눈앞에 부팔룬 떼가 보인다. 그 수가 오십은 돼 보인다.

아무리 우리 공격대라고 하더라도 정면으로는 상대하기 좀 벅차다. 약간 무리가 간달까.

작전만 잘 짜고, 내가 미친 듯 활약하면 또 모르지만.

그래도 매번 사냥마다 다 목숨 걸고 할 수는 없지 않은가. 다 적당히 상황 봐 가면서 해야 했다.

다만 한 가지는 놀랐다.

"우와……."

"진짜 오네."

우리가 판 동굴이 꽤나 가까이에 있는데도 부팔룬이 안 온다.

진짜 우리가 있는 걸 모르는 눈치였다.

덕분에 완전 라이브로 동물의 왕국을 보는 느낌이었다.

평소 몬스터가 뭘 하고 사는지가 보인달까.

─크웅!

─크흐으!

콧김을 내뿜고, 지들끼리 뿔로 퍽퍽대며 부딪치는 장면이 가장 박력 있었다.

이리저리 주변을 살피기도 하고, 지들끼리 어디서 가져왔을지 모를 몬스터를 나눠 먹기도 한다. 자신들과 다른 몬스터를 잡아먹는 거다.

'생긴 건 소인데…… 하는 짓은 맹수네. 맹수.'

눈앞에 보이는 장면들이 꽤 생소하면서도 신기하게 다가온다.

동물의 왕국? 259

장면들에 눈을 떼지 않으면서 물었다.

"얼마나 기다리면 올 거 같습니까. 이대로 기습하면 몇 마리는 쉽게 눕히고 시작할 수 있을 거 같은데요."

"방심하고 있으니 그러긴 하겠죠."

땅굴은 분명 가까이에 있다. 이 상태 그대로 뒤를 치고 시작하면 분명 몇 마리 쉽게 눕힐 거다.

그것만으로도 꽤 유리한 사냥이 되겠지만.

"그래도 기다리셔야 합니다. 아시잖습니까. 최상의 상태."

"후우. 그래도 슬슬 준비는 시키도록 하죠."

"조치하겠습니다."

우리가 기다리는 최상의 상황이란 그게 아니었다. 더 최상이 있었다.

고작해야 몇 정도 유리하게 눕히고 끝나지 않을 시간.

'그리고…… 내가 오랜만에 불빨 좀 받을 만한 시간이지.'

그 시간을 기다리며 조용히 숨을 죽이고 앞을 주시했다.

* * *

오 분. 십 분. 삼십 분…… 시간이 하염없이 지나간다.

―크흐으으응!

―크흥!

한 시간쯤이나 지났을까.

이곳이 그들이 있어야 할 근거지라도 되는 듯 부팔룬이 한창 비비적거리고 있었을 때.

부팔룬 중에 하나가 뿔을 쫑긋하고 세운다.

'저 새끼들은 뭔 뿔로 다 표현을 하네.'

주변을 살피는 기색이랄까.

초식동물이라도 된 듯 평온한 한때를 보내고 있던 부팔룬 무리에 긴장이 감돌기 시작한다.

저들의 습성을 잘 모르는 내가 봐도 훤히 느껴질 정도의 긴장감이었다.

―크흥!

그게 신호였다.

띄엄띄엄 있던 부팔룬들이 갑작스레 한 곳에 모이기 시작한다. 무리를 형성하는 모습이었다.

쿠웅!

동시에 발을 박차며 출발하려고 하던 그 순간.

'왔다.'

우리를 기다리게 만들었던 놈들이 모습을 드러냈다.

그 수는 단 둘.

오십 정도 되는 부팔룬 무리에 맞닥뜨리기엔 분명히 수가 모자라 보인다.

허나 그 둘이라는 숫자만으로도 위압감이 있었다.

'B급…… 아니 그 이상이기도 한가.'

히드라.

몬스터가 나오기 이전에는 신화 속에서나 등장을 하던 몬스터가 등장했다.

다만 차이가 있다면 머리의 숫자가 아홉이 아니라 단 둘이며, 다른 하나는 이미 잘린 지 오래인지 흔적만 남아 있었다.

저 상처의 흔적이 헌터와의 대결에서의 생긴 것인지, 다른 몬스터와의 대립이 낳은 것일지는 알 길이 없었다.

'하나는 깨끗한데.'

다른 하나는 모양만 같을 뿐이지 머리도 단 하나밖에 없었다.

다른 것과 달리 상처는 없었다.

히드라 한 마리, 한 마리가 안 그래도 어지간한 소보다 덩치가 큰 버팔룬보다 컸다.

그 두 마리가.

─키야아아아.

오십은 되는 버팔룬 무리를 압박하고 있다. 둘이서 오십을 압박하고 있는 거다.

'무슨 십칠 대 일도 아니고. 근데 저게 아류라 이거

지…….'

웃긴 건 히드라라 이름 붙어 있지만, 저 몬스터조차도 아류라는 것. 허나 아류임에도 어지간한 몬스터보다 강하다는 게 문제였다.

머리가 세 개였을 것이 분명한 히드라가 가장 먼저 선공을 날렸다.

'미친.'

화아아아악—

완벽한 기선제압! 브레스!

분명 불길을 두 개의 머리로 확하고 뿌렸다. 옆에 있던 히드라도 늦었지만 함께 흩뿌리기 시작했다.

—크흐……

부팔룬도 만만치는 않았다. 가장 앞에 있던 부팔룬이 피하지 않고 화염을 맞닥뜨렸다.

되려 그 하나가 브레스를 집중해서 맞으니, 다른 곳으로 브레스가 번지지 않는 느낌이었다. 하지만.

쿠웅—

브레스가 히드라의 최대 무기일 텐데, 그런 브레스를 상대로 얼마나 버틸 수 있으랴.

결국 가장 먼저 버티던 부팔룬이 그대로 무릎을 꿇었다.

그때부터 브레스가 다른 부팔룬에게로 번지기 시작했다.

둘로, 셋으로, 다섯으로! 계속해서 쭉 번졌다.

처음 부팔룬의 희생이 있는 덕분일까.

―크흐!

뒤에 맞은 놈들은 처음 브레스를 맞은 부팔룬처럼 쓰러지지는 않았다.

다만 피해를 입은 건 분명했다. 열댓 마리의 부팔룬이 순식간에 상처를 입은 거다.

그때부터 시작이었다.

여기서 밀리게 되면 자신들의 영역을 뺏길 것이라는 위기감이 들었을지도 모르겠다.

부팔룬들이 자신들의 거대한 뿔을 정면으로 들이밀고서는 돌진했다.

콰아앙― 쾅! 콰앙!

한 방, 두 방, 세 방. 계속해서 부팔룬 무리의 돌진 공격이 히드라를 향한다.

―캬오오오오!

누적되는 공격에 밀리는 쪽은 분명 히드라였다.

서로 한 방씩 주고받은 거다.

그때부터 개싸움이 펼쳐졌다.

물어뜯으려는 히드라와 그걸 피해서 뿔로 들이받으려는 부팔룬.

두 무리의 전투가 시작된 거다.

분명 의미는 모를 전투였다. 영역을 얻기 위함인지, 먹잇감을 얻기 위한 건지 모를 그런 전투였으니까.

허나 그 압박감만은 진짜였다.

두근— 두근—

가만히 바라보는 나조차도, 나도 모르게 심장이 크게 뛰기 시작할 정도였다.

힘과 힘!

목숨과 목숨을 건 전투!

그곳 전장에 당장 뛰어들어 가 사투를 벌이고 싶었다. 저 히드라가 뿜어낸 브레스를 잡아먹고 싶었다.

나도 모르게 한 걸음 내디뎠다.

"아직. 아직입니다."

그 한 걸음을 막는 운이철이 있었다.

"지금이 때가 아닙니까!"

"아직이요. 잠시, 잠시면 됩니다!"

전투의 흥분에 젖은, 아니 어쩌면 저 브레스에 홀려버린 나였다. 그러니 당장이라도 달려가고 싶었다.

허나 그런 나를 운이철은 막을 뿐이었다. 그러다 이내!

버팔룬 여러 마리가 쓰러지기 시작하고, 히드라 아류가 만족감을 얻었는지 슬슬 내빼려는 그 찰나.

"바로 지금! 가세요!"
우리 측이 가세했다.

* * *

그 짧은 사이에도 상황은 치열하게 전개됐다.

우리가 가까이 갈 때까지도 두 몬스터 무리는 우리를 눈치채지 못한 듯, 서로를 죽일 듯 치열하게 전투를 벌이고 있었다.

십수 마리의 부팔룬이 바닥에 쓰러져 있었고.

히드라 중 머리가 하나 달린 히드라는 지쳐버렸는지, 콧김으로 불을 몇 번이고 내뱉으며 거친 숨을 내쉬고 있었다.

척 봐도 서로 정상적인 상태는 아니었다.

사실 히드라 무리가 브레스를 한 방 날린 것만으로도, 어마어마한 이득을 낳은 셈이었다. 그들에게 있어 최대 무기를 부팔룬에게 쓴 거니까.

"모두 작전대로 움직인다!"

내 외침을 들은 걸까.

―크흥!

부팔룬 무리들이 우리를 눈치챘다.

미친 듯이 다투던 히드라 무리도 뭔가 이상함을 느꼈는

지 두 머리 중에 하나를 뒤로 돌려 우리를 바라봤다.

그들의 심경을 표현하자면.

'x됐다.'

가 아닐까.

자기들끼리 죽어라 싸우고 다툰 상황에서, 우리가 척하니 끼어 버렸으니까.

'역시 좋은 작전.'

나는 단순히 놀고 있는 부팔룬 무리의 뒤를 치는 것만 생각했는데, 운이철은 더 나아가 먹이사슬까지 이용한 작전을 사용한 셈!

그것만으로도 이득은 상당해 보였다.

허나 운이철의 작전은 거기서 끝날 리가 없었다.

그의 수준에서 고작해야 먹이 사슬을 이용하는 것까지만 생각할 리가 없지 않은가.

그건 하수나 할 일이다.

'어부지리 얻었으니까. 이어서 수련이지.'

스릉—

내가 애검을 빼드는 게 신호였다.

"우리도 준비!"

"옛!"

허웅을 필두로 한 탱커들이 튀어나올 때부터 들고 있던

무기들을 각자 곧추세운다.

그 상태로 가장 선두를 차지한다. 다른 이능력자들은 그에 발맞춰 각자의 위치를 찾는다.

'제대로야.'

운이철이 지정해 준 자리. 즉 그가 만든 포메이션에 맞춰 각자 자리를 잡고 있었다.

우리 사정을 모르는 누군가가 보기에는 딜러, 탱커, 힐러고 할 거 없이 중구난방으로 모여 있는 걸로 보일 거다.

탱커, 딜러, 힐러 순인 기본 순서와는 많이 다르게 섞여 있으니까.

허나 여기 있는 자들은 모두 알았다.

이게 운이철이 각자의 이능력에 맞춰서 제대로 짜준 진형이란 걸, 알고 있단 소리다.

─키야아아악!

─크흥!

언제 다퉜냐는 듯 몬스터들이 우리를 향해 고개를 돌려 달려들기 시작한다.

가장 선두에 부팔룬들이 뛰기 시작하고, 히드라들은 지친 몸을 추스르고 그 뒤에 따른다.

부자연스러운 광경이다.

여태껏 목숨을 걸고 서로 싸운 게 바로 전인데, 이제는 같이 달려든단 말인가. 말도 안 된다.

하지만 헌터에게는 자연스러운 모습이기도 했다.

인간에게 있어 몬스터가 가장 최악의 적이듯, 몬스터에게는 사람이라고 하는 것이 증오의 대상 그 자체니까!

'그 이유야 알 게 뭐냐.'

그저 달려갈 뿐이었다.

*　　　*　　　*

콰앙—

"큿."

지친 버팔룬이 상대. 하지만 그들의 뿔이 가진 괴력은 대단했다. 부딪친 탱커들이 순간 움찔하는 게 보일 정도다.

확실히 강하다.

어부지리를 취하지 않은 일반 사냥이었다면 여기서 부상자 몇 나오지 않았을까.

하지만.

스아아아—

힐러가 바로 지친 몸을 치유해 주고.

"으차차차차!"

탱커들 사이에 끼어 있던 근거리 딜러들이 바로 무기를

내지른다.

목표는 다름 아닌 부팔룬의 뿔!

'뿔 공격 뒤에는 순간적으로 뿔의 단단함이 풀어집니다!'

라고 했던 운이철의 조언을 그대로 받아들여 내지른 무기들이었다.

콰아앙— 콰앙—

—크흐아아아!

어떤 이는 깔끔하게 뿔을 잘라버리고, 또 어떤 이는, 거대한 해머를 들어서 그대로 으깨어버린다.

그 뒤에 바로 이어지는 이타는.

"간다고! 안 빨려들게 조심해!"

역시 마동수를 필두로 한 장거리 이능력자들의 공격!

하지만 이도 단번에 날리는 게 아니었다.

중력이 먼저 부팔룬 무리를 한군데로 끌어당긴다. 뭉쳐버린 부팔룬 무리를 향해서 쏟아지는 건 딜러들의 각자 속성에 맞는 공격들!

스악—

마지막에는 그 공격들을 강화시켜 주는 바람의 이능력들이 함께한다.

일, 이, 삼 타로 나뉘어서 조화되는 거다.

그것만으로도 부팔룬 무리를 순간적으로 와해시켜 버리는 게 가능하게 된다.

―크흥…….

일부 부팔룬은 뿔이 부러진 것으로도 모자라, 무릎을 꿇어버릴 정도였다.

압도적인 광경!

비록 히드라가 부팔룬 무리에게 잔뜩 부상을 입혔기에 가능한 광경이지만, 그것만으로도 분명 대단한 성과였다.

부팔룬은 누가 뭐래도 하급은 아닌 중급에 가까운 몬스터였으니까.

그런 무리를 상대로 하급이 대부분인 우리 공격대원들이 힘을 쓰고 있는 거다.

'약자로서의 방법.'

약자는 약자기에 모여서 시너지 효과를 낸 결과다!

앞으로 갈 길이 태산이겠지만 만족스럽다.

그 광경을 바라보며 나는 몸을 띄웠다. 온몸에는 은은하게 타오르는 불을 두르고 있는 채였다.

파앙―!

호응하듯 발에 타오르고 있던 화염이, 크게 뭉쳐 바닥을 팬다.

"좋아! 내가 가장 먼저 간다!"

동시에 떠오른 몸!

―크흐응!

내 몸을 띄우고도 남은 화염은, 콧김을 내뱉으며 머리를 치켜드는 부팔룬의 눈알에 그대로 작렬한다.

그대로 터지는 육즙. 아니 눈즙인가.

―크하아아

발악을 하나 어쩌랴.

터진 눈으로는 나를 잡아챌 수도, 뿔로 찌를 수도 없었다.

나는 되려 날뛰는 버팔룬의 뿔 끝을 밟아서 더욱 높이 뛰었을 뿐이었다.

시원스레 공중에 떠오른 몸. 아래를 향한 공포는 느껴지지 않았다. 다만 시원한 기분이 느껴졌을 뿐이다.

내 몸이 더 떠오르길 기다렸던 걸까.

"오."

화아아아아악―

나의 것과는 다르지만, 비슷한 것이 나의 몸을 덮치려 달려들고 있었다.

불이다! 불!

히드라가 날린 것이 분명한 브레스 두 줄기가 나를 향해 달려들고 있었다.

공격대원 중에서 가장 기운이 큰 나를 족치면 될 거라고 여긴 거겠지.

좋은 생각이다.

몬스터들은 나름대로 본능적으로 전투에 가장 효율적인 방법을 찾아 움직인 걸 거다.

하지만.

'나라고. 나.'

그들에게 문제라면, 무려 내게 브레스를 날렸다는 거다!

"오오오!"

파앙—

되려 화염을 터트려 브레스를 향해 몸을 날렸다.

두 개의 브레스가 합쳐져 하나로 내게 작렬한다.

작렬하는 브레스. 그 안에 들어간 나. 순간적이지만, 히드라들의 기쁜 감정이 느껴지는 거 같았다. 날 맞췄다는 기쁨이!

허나 나로서는.

'흐흐, 시원하다!'

브레스는 고통의 숨이 아니라, 그 무엇보다도 맛 좋은 산해진미가 아닌가!

파앙— 파앙— 팡—

그대로 불의 기운을 빨아들이면서, 빨아들인 기운을 등

뒤로 내뱉었다.

 내게 쏘아진 브레스를 내가 히드라에게 닿기 위한 추진력으로 쓰고 있는 것이다!

 점차. 점차.

 히드라 둘과 나의 거리가 가까워진다.

 '맛 좋다!'

 오랜만에 받는 화염이라고 하는 건, 아니 히드라의 진득한 화염은 다른 어떤 불보다도 맛이 좋은 느낌이었다.

 단전 안에 그득 차기 시작하는 불의 기운이 본래 있던 불의 기운과 같이 상승 작용을 일으키는 느낌!

 그 느낌을 잔뜩 만끽하다 보니 결국 거리가 줄어들다 못해서, 완전히 밀착하게 된다!

 ―키야아아악!

 뭔가 이상함을 느낀 히드라가 괴성을 내지르며, 한쪽 머리가 내 몸을 찢을 듯이 다가온다.

 머리는 둘인데, 공격은 하나라니. 히드라는 역시 멍청한 몬스터였나!

 아님 파충류의 한계인가?

 나를 씹을 듯이 다가오는 히드라의 얼기설기 규칙 없이 나 있는 이빨에는 화염이 넘실넘실 댔다.

 '이빨은 무서운데.'

그래도 그걸 피하지는 않았다.

마주 손을 가져다 댔다. 히드라의 입 안에 왼손을 집어넣는 미친 짓을 한 거다.

스으으—

그대로 이빨에 넘실거리던 불을 빨아들여 불의 기운을 얻는다. 그 기운을 단전까지 가게 할 것도 없었다.

"돌려주지."

파앙!

내 손으로 끌어모은 불의 기운을 그대로 다시 돌려줬다.

—캬아아아아아!

히드라의 머리 중 하나가 괴성을 내지른다.

히드라에겐 아쉽게도 나처럼 불의 기운을 흡수하는 능력은 없었다. 그리고.

'신화 속 몬스터처럼 재생의 능력도 없지!'

아류는 아류일 뿐.

스카카카카카칵—

넘실거리는 불의 기운을 검에 집중시켜 압축했다.

크기에 집중해서 뿜어낸다면 오 미터는 됨 직하게 뿜어낼 수 있는 불의 기운이 집중된 나의 검!

여태까지의 모든 정화를 담은 검이, 남은 히드라의 목을 베어 버린다.

내 몸통만큼 두꺼운 히드라의 목.

그 목의 방어구나 다름없던 시뻘건 비늘을 깎아 버린다.

그대로 드러난 피륙을 태우고, 지지고, 잘라서 온 곳곳에 피를 흩뿌리게 해 버린다.

─캬아아아아!

남은 한쪽의 머리가 고통스러운지 고함을 친다.

잘린 머리는 바닥에 떨어져 퍼덕퍼덕 댈 뿐이다.

'역시 파충류.'

동시에 마지막 힘을 다하기라도 해야 한다는 듯, 잘린 머리는 땅에 떨어진 채로도 나를 째려보기를 잊지 않았다.

목이 잘린 주제에 아직 숨이 완전히 끊어지지 않은 거다.

하기는 저게 몇 분 더 목숨이 이어진다고 그게 중요하겠는가.

당장 중요한 건 그런 게 아니었다.

'시간이 중요하지.'

어서 죽여야 한다는 게 중요했다.

얼핏 봐도 공격대원들이 부팔룬을 상대로 선방을 하고 있고, 나조차도 히드라를 상대로 위험 하나 느껴지지 않지만, 따로 얻어야 할 게 있었으니까!

그렇기에.

'더 타올라라!'

화르르르르—

목을 베고서는 조금 기운이 줄어든 검에 불의 기운을 더 집중했다. 그 상태 그대로, 몸의 곳곳을 폭발시키기 시작했다.

파앙. 팡.

기운이 폭발을 한 곳은 바로 등.

히드라의 반대편인 내 등을 폭발시킨 이유?

폭발의 반작용! 추진력을 얻어야 했으니까!

'전에는 불 먹는 노예였다면, 이제는 불 뿜는 하마라고!'

등에서 터진 불의 기운이 추진력을 준다. 안 그래도 밀착하듯 가까웠던 히드라와 내 몸이 순식간에 가까워진다.

그 상태 그대로 검을 치켜세웠다.

"죽어어어엇!"

살의를 가득 담고서!

히드라에게 검을 휘두른다.

이 모든 전투를 이 검 하나로 끝낼 듯이!

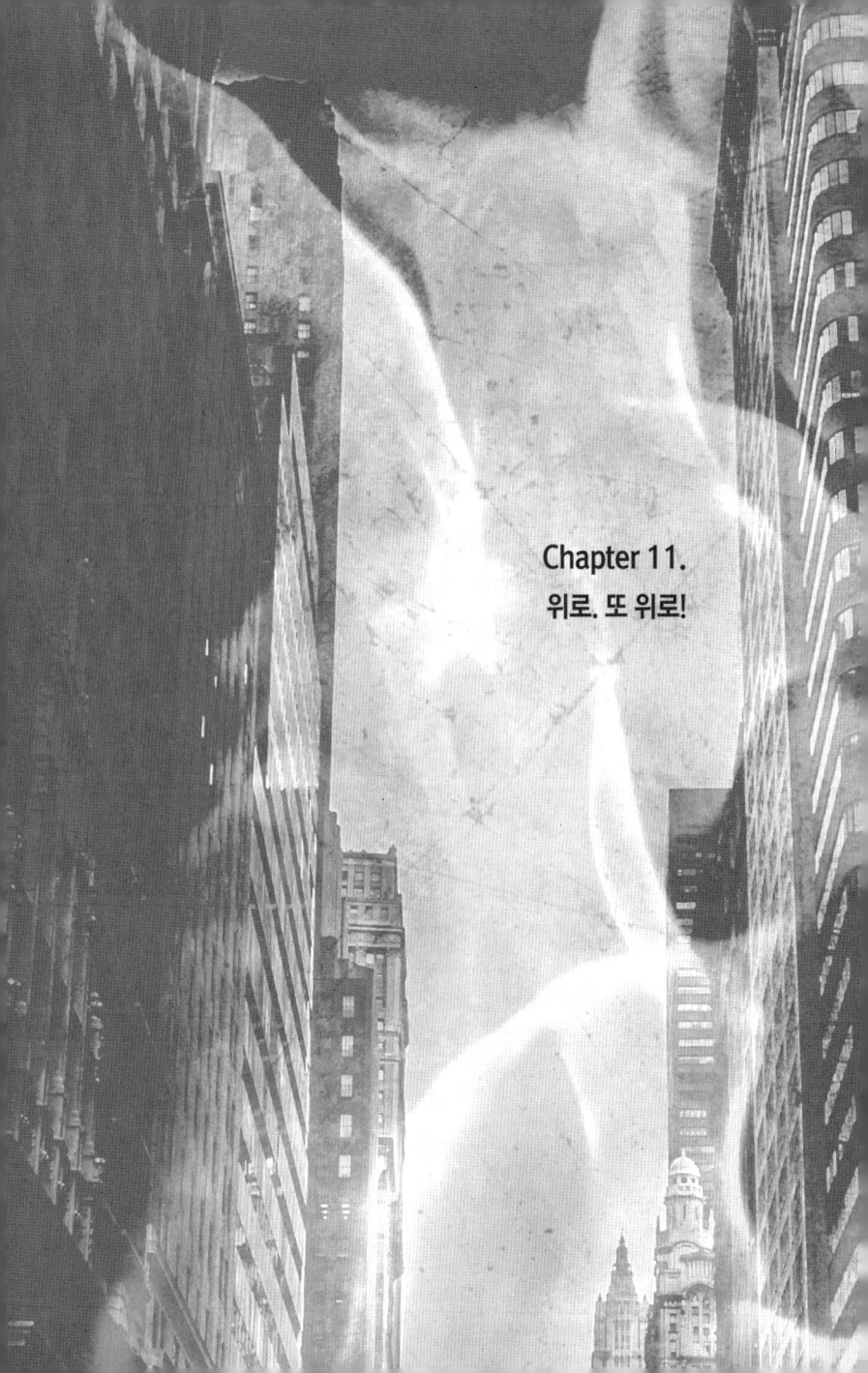

쿠웅—

마지막 남은 히드라의 거체가 쓰러졌다.

'대가리는 하나밖에 안 되는 게, 반항이 심했어.'

두 개 있는 거보다 하나 있는 게 악바리 같았다.

머리 하나를 가지고 요리조리 피하면서 달려드는데, 매서운 공격들이 여러 번 날아왔다.

나를 물고 뜯고 맛보려는 게 느껴졌달까!

그래 봐야 죽었지만.

"후우……."

숨을 한 번 내쉬고서는 부팔룬 무리를 상대하고 있는 공격대원들을 봤다.

조합이 좋았을까.

당장은 내가 빠져 있다고 하더라도 밀리거나 하진 않을 것 같았다.

"거기! 막고! 여기는 뚫는다! 몇 마리 안 남았어!"

"옙!"

운이철에게 여러 교육을 받은 허웅의 지휘에 발맞춰 소 몰듯 부팔룬을 몰고 있었다.

그리곤 압박.

압박된 부팔룬이 어찌할 줄을 모를 때,

파아악—!

딜러들의 공격이 작렬한다.

압박 후 공격의 반복. 단순해 보이는 방식이다.

하지만 지금처럼 제대로 움직이기 위해선 많은 힘과 노하우가 필요한 방식이었다.

—크흐응!

부팔룬이 하나, 하나 무릎 꿇을 때마다 그 위력이 증명된다.

그걸 보고 있자니 히드라를 잡으면서 지쳤던 몸이 회복되기 시작한다.

그래도 전투의 열기는 그대로 남아 있어서,

'여기서 껴?'

낄까 하는 생각이 들기는 하지만, 나서서는 안 된다.

운이철의 말마따나 공격대원들에게도 성장의 기회를 줘야 했다.

나만 튀어 봐야 안 된다 했으니까. 조화가 될 수 있도록 저들이 처리할 경험을 줘야 했다.

실상 지금처럼 저들에게 딱 알맞게 맞춰진 사냥감도 드무니까.

끼고 싶어도 참아야 한다.

'손발을 맞추는 건 다음 단계면 되니까. 아직 기회는 많지.'

운이철의 루트대로 사냥을 진행하다 보면, 나도 껴서 사냥해야 할 때가 올 거다. 오지 않아도, 오게 해야 했다.

"후우. 후."

그러니 우선은 심호흡 몇 번으로 전투의 격렬함을 잊으려 노력한다.

그리곤 할 일을 찾는다.

"저거부터 쪼개 볼까."

애써 잡은 히드라의 사체의 앞에 선다.

가장 먼저 머리가 떨어졌던 놈의 머리 앞이다.

그 머리를 퍽하고 쪼갰다.

"으. 아까운 거. 도축자한테 도축이라도 배우면 좀 깔끔하게 되려나."

살점이 튀고, 피가 튄다.

살점, 피 둘 다 아깝다. 몬스터 사체는 돈이니까.

하지만 목적이 있기에 안 할 수도 없었다.

쯔억— 쯔억—

"으으으……"

손으로 쪼개진 머리의 중심. 그 안에 손을 가져다 댄다.

중앙으로 다가가자 그 안에서, 뭉툭한 뭔가가 만져진다.

"후읍."

심호흡을 길게 한 번 더 내쉬고 그걸 그대로 한 방에 팍 하고 꺼내 들었다.

꺼내는 사이 이것저것 이물감이 느껴졌던 건 애써 무시했다.

그런 걸로 기분을 버리기엔 꺼내 든 게 워낙 귀했다.

정석? 정석은 아녔다.

대신 정석과 비슷하게 생긴, 스스로 빛나지는 않는 붉은색의 돌이 나왔다.

"이런 게 머리에 박혀 있으니 머리가 멍청하지."

붉은 돌은 히드라의 핵이었다.

속칭 레드 스톤.

한철 같은 장인들이 딜러들을 위한 무구 제작에 사용하는 주 재료 중에 하나.

속성을 강화시켜 주는 데는 이만한 것들도 없어서, 이런 류의 재료들은 꽤 귀한 재료다.

사체를 다루는 자들이 헌터들에게 잘 알려주지 않는 재료기도 하다. 이 사실을 아는 헌터들도 잘 말하지 않는 거기도 하고.

지들끼리 독점하기 위해서겠지.

그러니 인터넷 같은 곳에서는 뒤져도 잘 안 나온다.

헌터 관리원 홈페이지는 알지 않나. 관리가 아니라 감시가 심한 거.

나와도 통제해 버린다.

'그러니 무려 고오급 비밀 재료 중에 하나인 거지.'

히드라 아류가 아니라, 저 유럽에 똬리를 틀고 있다는 진짜를 잡았으면 천하제일의 무기도 만들 수 있다는 말도 있을 정도다.

그래 봐야 잡을 사람이 없기는 하다.

진짜 히드라를 잡으려면 천하제일 무기가 있어야 하는데, 천하제일 무기를 만들려면 히드라 같은 걸 잡아야 하잖아?

결국 무구 없이도 잡아야 한다는 거다.

어마무시하게 강력한 헌터가 몇 명 나와서 레이드 하지 않는 한은 무리다. 완전 무리.

"뭐 그런 거야. 나랑 상관없지. 중요한 건 이거니까."

슬쩍 공격대원들을 슬쩍 보고는, 집중을 하기 시작했다.

'여기에만 몇 개 실험이 걸린 건지. 우선은 해 보자.'

스으으으―

기다렸다는 듯이 레드 스톤에 있던 힘이 내게로 스며들기 시작한다.

히드라가 불의 브레스를 뿜어내듯이 역시 스톤 안에는 불의 힘이 스며 있었다.

이게 핵이니까.

파사삭.

레드 스톤이 조금씩 쪼그라들더니 이내 가루가 되어 날아가 버린다.

"호오……."

작은 돌. 손바닥만 한 돌을 하나 흡수했을 뿐인데, 그 힘이 꽤 강력한 느낌이었다.

브레스를 맞아서 흡수할 때와 비슷한 느낌이기도 했다.

'불도 종류가 있는 걸지도.'

작은 촛불, 큰 화재. 크고 작음. 보통은 불의 크기만을 생각해 오지 않았나.

하지만 여러 종류의 불을 흡수하면 할수록, 적어도 이능력이나 몬스터가 만든 불에는 따로 종류가 있는 게 아닌가 하는 생각이 든다.

이를테면, 지금 흡수한 레드스톤의 힘은.

화아아악—

"역시 집중에 좀 도움이 되는 거 같은데."

불을 일으키고, 그 불을 집중해서 뿜어내는 데에 도움이 되는 느낌이랄까.

브레스까지는 아니더라도 브레스처럼 집중된 화력이 더 쉽게 만들어지는 거 같다는 소리다.

이 집중된 불을 크고 아름답게 뿜어내면 브레스가 되겠지.

'그건 아직 무리지. 지금 중요한 건 그것도 아니고.'

중요한 건 새로운 가능성을 봤다는 거 아니겠나.

극적이지는 않지만, 분명 강해지는 데 도움이 된다.

이런 식으로 여러 가지를 모은다면 그 뒤는 어찌 될까?

"좋아. 좋아."

상상만 해도 기분이 좋아지는 느낌이다. 안 먹어도 배부른 느낌.

"흐흐……."

나머지 히드라의 머리도 쪼개며 핵을 흡수하기 시작했다.

그리고 그 핵이 전부 흡수가 됐을 때.

"우와아아악! 끝이다! 끝!"

부팔룬을 상대하던 공격대원들의 전투도 전부 끝이 났다.

* * *

그날 밤.

"어땠습니까?"

운이철이 연구원답게 눈을 빛낸다.

이번 실험이 어떤지를 알고 싶은 거겠지. 즉, 레드 스톤의 효과를 알고 싶은 거다.

솔직히 말해줬다.

"아직은 잘 모르지만, 더 지켜보면 확연히 티가 나겠죠. 그래도 차이가 있긴 해요. 미묘하게."

"흐흠…… 역시 견본이 많이 필요한 거군요."

"그런가 봅니다. 효과가 아주 극적이지는 않아요. 그래도 봐봐요."

화아아악—

집중된 불을 보여준다. 그에 운이철은 계속해서 눈을 빛낸다.

"흠…… 역시 제대로 된 측정 장치 없이는 알기 어려운데요. 측정 장치도 하나 만들어야겠군요."

그러다 아쉬움을 삼킨다.

연구원으로 타고난 그 아닌가.

그로서는 레드 스톤 흡수 후 변화된 나를 제대로 측정치 못하는 게 아쉬운 듯하다.

'하여간에 재밌는 양반이라니까.'

그는 그렇게 한참 내가 뿜어내는 불을 바라보며 아쉬움을 달래고서는.

"뭐, 측정 장치 없어도 극적으로 변화하면 측정이 되긴 하지요."

"그 말은?"

"기환 씨가 죽도록 구르면 된다는 소립니다. 확 달라지는 게 보일 만큼요."

"……그냥 굴리고 싶은 거 아닙니까?"

"하하. 설마요."

나를 굴릴 다짐을 또 해 버린다.

무슨 다짐을 숨기지도 않고 하는지! 이 양반도 참 만만치 않은 양반이다.

그리고 다음날이 되자마자 그는.

"바로 출발하죠. 또 다른 포인트가 얼마 안 남았습니다!"
진심으로 우리를 굴리기 시작했다.

탱커들에게는,
"우와아아아악! 이걸 어떻게 막아! 큿……."
항상 막기에 벅찬 것들을 막게 시켰다.
딱 미묘하게 힘든 거!
어떻게 그리 잘 사냥감을 고르는지는 몰라도, 진짜 딱 어렵게 막으면서도 그렇다고 위험하지는 않은 그런 몬스터를 골라서 막게 했달까.
딜러들에게도 마찬가지.
"초 단위입니다! 당장의 조합은 그렇게 될 수밖에 없어요!"
"이능력이 강해지고 있단 말입니다!"
"원래 딜러는 그렇게 하는 겁니다!"
기술끼리의 조합. 개개인의 위력.
이 두 개를 동시에 생각하면서 아주 초 단위로 기술을 사용하도록 훈련을 하고 있었다.
그렇다고 또 말을 안 들을 수가 없는 것이.
"아악! 못 해, 못 한다고!"
"머리, 안 기르실 겁니까?"

"크으……."

말을 안 들으려고 하면 허웅의 '대머리'에 대한 고민과 같은 걸 가지고서 아주 제대로 흔들어 버린다.

사람이 가진 꿈과 희망. 아니면 욕구.

그런 여러 가지를 쥐고 흔들어 버리는데 안 하려야 안 할 수가 없었다.

덕분에 사람들의 실력은, 온갖 진귀한 불의 재료를 흡수하는 나와 비슷하다 할 만큼 성장하기 시작했다.

사냥이 진행되면 진행이 될수록 그랬다.

실전이 제일가는 수련이라는 것을 증명이라도 하는 건지.

'와. 진짜 나는 개고생했는데…….'

운이철의 조언이 더해지면 더해질수록, 조금씩 더 강해지고 있었다.

기운이 강해지거나, 강해지지 않으면 본인이 가진 기운을 세밀하게 조종할 줄을 알게 됐다.

탱커들도 단순히 막기만 하는 거에서, 어렵사리 막을 만한 것들을 상대하다 보니 적당히 몬스터의 힘을 흘리는 법을 배우기 시작했다.

힐러들?

"으으…… 밥이 안 넘어가. 구역질 난다고!"

성격은 조금씩 버리기 시작했지만, 죽어라 힐을 하는데 실력이 안 늘어날 리가 있겠는가?

실전 속에서의 미친 듯한 반복 학습을 당하고 있는 그들이다!

안 그래도 수가 적어서 그런지, 힐을 해야 할 곳은 많았고, 그게 계속 반복이 됐다.

그러다 보니 자연스레 이능력이 조금씩 상승하기 시작했다.

거기에 더해서 적재적소에 딱 필요할 만큼만 넣는 치유까지!

미친 듯이 굴리다 보면 이능력자도 성장할 수 있음을 운이철은 가만히 증명해 내고 있었다.

'악마야, 악마.'

보통 영화를 보면, 한 명의 전사를 만들어내는 데도 굉장히 많은 자들이 붙지 않는가?

저 운이철은.

"됩니다! 충분히 하실 수 있어요!"

혼자서, 이능력도 없으면서도 타고난 조련사라도 되는 듯 우리를 아주 제대로 굴렸다.

몇 번의 사냥. 몇 번의 성장.

부족함을 찾고 다시 그걸 채우기 위해서 반복하기를 한

참.

"더 가면 레이드겠는데요?"

"그게 최종 목적 중 하나죠."

슬슬 길고 긴 일정이 끝을 보일 때쯤에.

"음?"

연락이 왔다.

*　　　*　　　*

"공교롭게도, 아니 운명일지도 모르지. 가까워, 제자."

스승의 연락이었다.

몇 달은 더 걸릴 줄 알았는데, 아니 적어도 우리의 원정이 끝날 때쯤에나 연락이 오기를 빌었는데 아니었다.

세상사가 본래 내가 원하는 대로 돌아가지 않는다지만, 이건 좀 너무 빨랐다.

거기다 예측되는 그 장소는.

'레이드 루트에서 그리 멀지 않잖아?'

우리를 기다리고 있었다는 듯이 가까웠다.

따로 준비를 할 필요도 없다는 듯.

또한 운이철과 나만의 비밀을 알지 못하는 다른 공격대원들은 설득할 필요도 없다는 듯이 딱 적당한 곳에 나와 줬다.

기다리고 있던 운명처럼.

소식을 들은 운이철은 약간이지만 상기된 얼굴을 하고 있었다. 기대와 불안이 함께 어려 있었다.

나는 그 반대겠지. 씁쓸한 얼굴을 하고 있지 않을까.

"이거 갈 수밖에 없겠는데요? 좋습니까?"

"좋다고만은 말 못하죠. 하지만 해야 하는 건 알지 않습니까?"

"후…… 그렇죠."

"당하고만 살 수는 없으니까요. 잊지 않고 있습니다, 저는. 그때를요."

"잊을 수 있을 리가 없잖습니까."

험한 일을 당했던 운이철이다.

초인적인 의지, 아니면 우연.

'일부러 데려다 놨을지도 모르지.'

어떤 이유에서건 그는 다시 내게 오게 됐다. 말도 안 되는 상태로.

지금에야 치료가 되고 돌아왔지만 그렇다고 해서 다 잊어줄 수는 없지 않은가. 나는 그런 착한 놈은 못 됐다.

히드라를 잡아서 죽이고 흡수할 때도, 계속해서 원정을 다니며 불 몬스터의 불들을 흡수할 때도 나는 그걸 잊지 않앉다.

단 한시도.

오로지 그들에게 복수하기 위해서 한 걸음씩 전진을 하고 있을 뿐이었다.

운이철은 단 '삼 할'만의 힘으로 모두를 처리해야 한다 말했지만, 글쎄. 나는 단 '일 할'의 힘으로라도 저들을 압살하려 노력하고 있을 뿐이다.

그렇게 계속해서 달려왔던 주제에, 막상 운이철이 걸린 일을 하려니 망설여진다.

'병신 같네.'

오랜만에 찌질함이 다시 터져 나오는 느낌이다.

하지만 찌질한 마음을 갖고 있다 해서 찌질한 선택을 하지는 않았다.

"해.보죠. 까짓 거. 근데 죽을 각오는 된 겁니까?"

"당연하죠."

"그럼 됐습니다."

운이철의 어깨를 한 번 꾸욱 눌러주고서는 그를 스쳐 지나갔다. 그리곤.

"자자, 다들 좀 애 좀 써봐야겠다."

운이철처럼 한껏 굴리기 시작했다.

나? 나도 물론 굴러야겠지!

* * *

근거지 겸 주변 정리를 해야 했다.

아침나절부터, 가장 가까이에 있는 고블린 부락으로 왔다.

이 고블린이란 게 영화에서는 오크만도 못한 걸로 그려지곤 하지만, 그렇게만 생각하면 안 된다.

작은 고추가 매섭다고, 생각도 할 줄 아는 놈들이다.

부락 생활도 하는 놈들이고. 종류도 다양해서는 족장급 되는 놈은 상대하기도 힘들다.

던전에서 상대를 할 때야 몇 마리씩만 있었던 데다가, 웨이브 때도 놈들이 쳐들어오는 방식이라 그때는 상대하기 쉬웠던 거다.

지금처럼 놈들 본거지에 갈 때는 이래저래 조심할 게 많았다.

"제대로 정리하자고!"

"우와. 미친. 여긴 하급이래도 힘든 데라고!"

"어떻게 하냐, 그럼. 일이 있는데!"

"에씨. 놈들 독침 날리면 따가운데. 알았다. 제대로 해 봐야지 뭐."

그러니 허웅도 저리 우는 소리를 하는 거다.

동굴 안에 발을 디뎠다. 가장 앞선 건 허웅. 안 봐도 울상일 거다.

"크으…… 젠장."

푸욱—

발 디디길 기다렸다는 듯 독침이 날아와서 그를 맞혔다.

푸욱— 푹—

다시 연이어서 몇 발. 한 방으로 안 되면 두 방, 세 방이라는 근성이 엿보이는 독침 세례였다.

"크…… 시불! 머리는 안 된다! 머리에 쏘지 마!"

마지막까지도 근성, 아니 애처로움으로 길을 뚫기 시작하는 허웅.

다른 탱커들도 분명 있는데, 놈들은 허웅만 쏘고 있다. 한 놈만 팬다를 악착같이 실행하고 있는 거다.

"큿……."

결국 독침의 독이 누적되어 쓰러지려는 찰나.

스으으—

"허웅 씨 파이팅!"

이지민의 상큼한 치유가 들어갔다.

참고로 치유는 상큼해도, 독침 맞고 쓰러지려는데 살려서 다시 독침을 맞게 하는 건 꽤 잔인한 일이다.

"오오. 사랑의 힘인 거다!"

"시끄러워욧!"

"시끄러!"

저 두 커플. 아니 아직 커플 아닌 저 둘이 한껏 소리치고. 전진은 다시 시작됐다.

"제대로 해, 허웅!"

"네가 다 쓸어버리란 말야! 불 뿜으면 되잖아!"

"어허이! 그러다 여기 무너진다고!"

물론 전진에서 가장 힘든 건 허웅이었다.

'흐흐. 새끼……'

* * *

동굴을 통과했다.

사이사이, 여러 방향으로 동굴이 뚫려 있었지만.

"흠…… 우선은 나눠 가죠. 고블린들 특성상 결국 하나로 모일 겁니다."

"오케이. 그럼 다들 파티 단위로!"

그게 우리를 막거나 하는 요소는 되지 못했다.

되려, 미리 짜놓은 파티 단위 사냥을 수련할 수 있음에 반가울 뿐이었다.

파티 단위 고블린 사냥이라니.

'좋은데.'

사냥이란 게 항상 마음먹은 대로만 되는 건 아니지만, 고블린을 상대로 일이 발생하겠는가.

수련을 하기에 딱 적당한 사냥감이었다.

나, 허웅, 마동수, 신상철이 각 파티의 임시 대장이 됐다.

치유는 각 파티마다 한 명씩. 독침 정도는 다들 치료할 수 있는 능력은 됐다.

그 상태 그대로 전진.

"끼에에엑!"

달려드는 고블린. 그걸 막는 우리.

파티 단위로 나눠진 동굴을 들어가 뚫고 또 뚫었다.

'오랜만의 던전 같은데.'

지속된 사냥은 여유까지 느껴질 정도였다. 우리가 아닌 다른 파티원도 어려울 거란 생각은 안 들었다.

각자 분산이 되었으니, 그에 맞춰 고블린들도 분산되어 우리를 공격하고 있을 테니까.

어디 하나 당하고 있지는 않을 거다.

그렇게 얼마나 전진을 했을까.

"호오?"

"바로 전투 지속!"

"여기다!"

거대한 대전에 홉고블린을 중심으로 한 고블린 떼가 우리를 기다리고 있었다.

나머지 일행들도 시간차는 있었지만, 동굴의 끄트머리나 다름없는 이곳에 하나둘씩 모이기 시작했다.

작전을 나누고 말고 할 것도 없었다.

숫자가 많아졌을 뿐, 고블린을 상대하기만 하면 됐다.

"폭발형 기술은 제한합니다!"

"탱커들 독침 막아!"

"으으!"

다만 탱커들만 조금 고생을 했을 뿐, 순식간에 고블린은 정리가 되기 시작했다.

마지막 남은 건 하나. 홉고블린.

"끼에에엑!"

얍삽한 일본 놈이 문득 떠오르는 괴성을 내지르며 마지막 남은 홉고블린이 우리에게 달려든다.

이 고블린 동굴의 대장이다.

백에 가까운 고블린들을 이끌던 놈이니, 약한 놈은 아니었다.

하지만 이 근방에 오기까지 중급이고, 하급이고 처리를 하며 오던 우리가 아닌가. 그만큼 불빨도 받고 왔단 소리다!

"마무리!"

스아아아악—

그런 불빨을 감히 이놈이 버틸 수 있으랴.

깔끔하게 목을 베어 줬다.

"……킥."

그대로 날아가는 놈의 머리. 괴성에, 악착같이 달려들었던 거치고는 허무한 결과였다.

"후우…… 끝이지? 바로 담자고. 오늘 사냥은 이거로 끝이 아니니까."

"으으. 젠장……."

쯔왑—

다른 사람들은 내 말을 들어 전부 고블린들을 담고 있었다.

무기고, 독침이고 할 거 없이 전부 수거하는 중이랄까.

'다 쓸데가 있으니까.'

이번엔 워낙 많아서 나도 사체를 챙기고 있었다.

그 사이 사체를 챙기지 않고 있는 건 하나.

푸욱— 푹.

사냥을 하는 동안 자신의 몸에 박힌 독침들을 빼고 있는 허웅이었다.

"죽일 놈의 고블린들……."

고블린을 유혹하는 페로몬이라도 있는 건지, 그에게 집중을 해도 너무 했다.

지금 딱 봐도 온몸이 독침 투성이지 않나.

'저놈 저거, 고블린 전문 사냥꾼 하면 되겠어.'

하여간 안타까운 놈이다.

지옥군주가 나오는 모 게임의 보물 고블린이라도 이 세계에 진짜 있었더라면 떼돈을 벌었을 건데. 쯧.

"마무리 정리하자. 아직 처리해야 할 게 많아."

"알았다고. 이거만 뽑고. 쓰읍……."

뽀옥—

……엉덩이에도 맞았었구나. 너.

* * *

이틀간 강행군을 했다.

많은 시간을 들여서 주변의 몬스터들을 정리해 봐야, 며칠 있으면 다른 몬스터가 올 수도 있으니까.

최소한의 시간으로 최대한 정리를 한 거다.

'그래 봐야 며칠 시간 번 거지.'

이번 일로 너무 많은 시간을 할애하면 그때는 문제가 발생하게 될 수도 있다. 그러니.

"소수로 갈 겁니다."

"비밀도 있으니 그래야겠죠."

우리는 대다수의 공격대원들은 남긴 채로 소수의 인원만 가기로 했다.

운이철, 나, 이서영.

꼭 가야 할 자들만 가게 된 거다.

"에이 씨. 우린 이런 건 맨날 빠져."

"이해해. 어쩔 수 없잖아?"

"맨날 어쩔 수 없지. 그래도 우선은 최대한 안전하게 지키고 있을 테니까 여긴 걱정 마라."

허웅과 마동수가 이번에도 빠지게 된 거에 잔뜩 성을 내기는 했지만, 어쩌랴.

항상 사람은 남아도는 게 아니고, 모자라니 방법이 없다.

저들이 남아서 여기를 지켜줘야 했다.

'잘하려나.'

공격대원들이 곳곳에 천막을 친다. 얼기설기 주변의 나무들이라도 잘라 임시방벽이라도 만드는 게 보인다.

저것만으로 과연 몬스터를 상대로 막을 수 있을까 싶기

는 하다.

나무 방벽으로 막을 수 있는 게 몬스터는 아니니까.

그래도 믿을 수밖에 없다.

한번 스윽 모두를 눈에 담고서 운이철과 이서영을 바라봤다.

이서영은 긴장한 기색이 역력했고, 운이철은 목숨이 위험할 수 있는 상황임에도 의외로 담담해 보였다.

"들어가 봅시다. 까짓것. 죽기밖에 더하겠습니까."

"예."

오자마자 가장 먼저 친 천막 안.

그 안에는 모두가 궁금해하는 게이트가 휘황찬란한 빛을 뿌리면서 우리를 기다리고 있었다.

그리고 그 안으로.

"후우."

심호흡을 한 번 하고서는 쑥하고 몸을 들이밀었다.

같이 손을 마주 잡은 이서영과 운이철도 그 뒤로 들어오는 게 느껴진다.

화악—

순식간에 변해 버린 시야.

이번에는 또 어떤 게 나올는지 모르겠다. 하지만.

'뚫어야지.'

바로 옆에 있는 이서영이나 운이철을 봐서라도 공략해 내야 하지 않겠나.

다시금 살아서 돌아갈 거다.

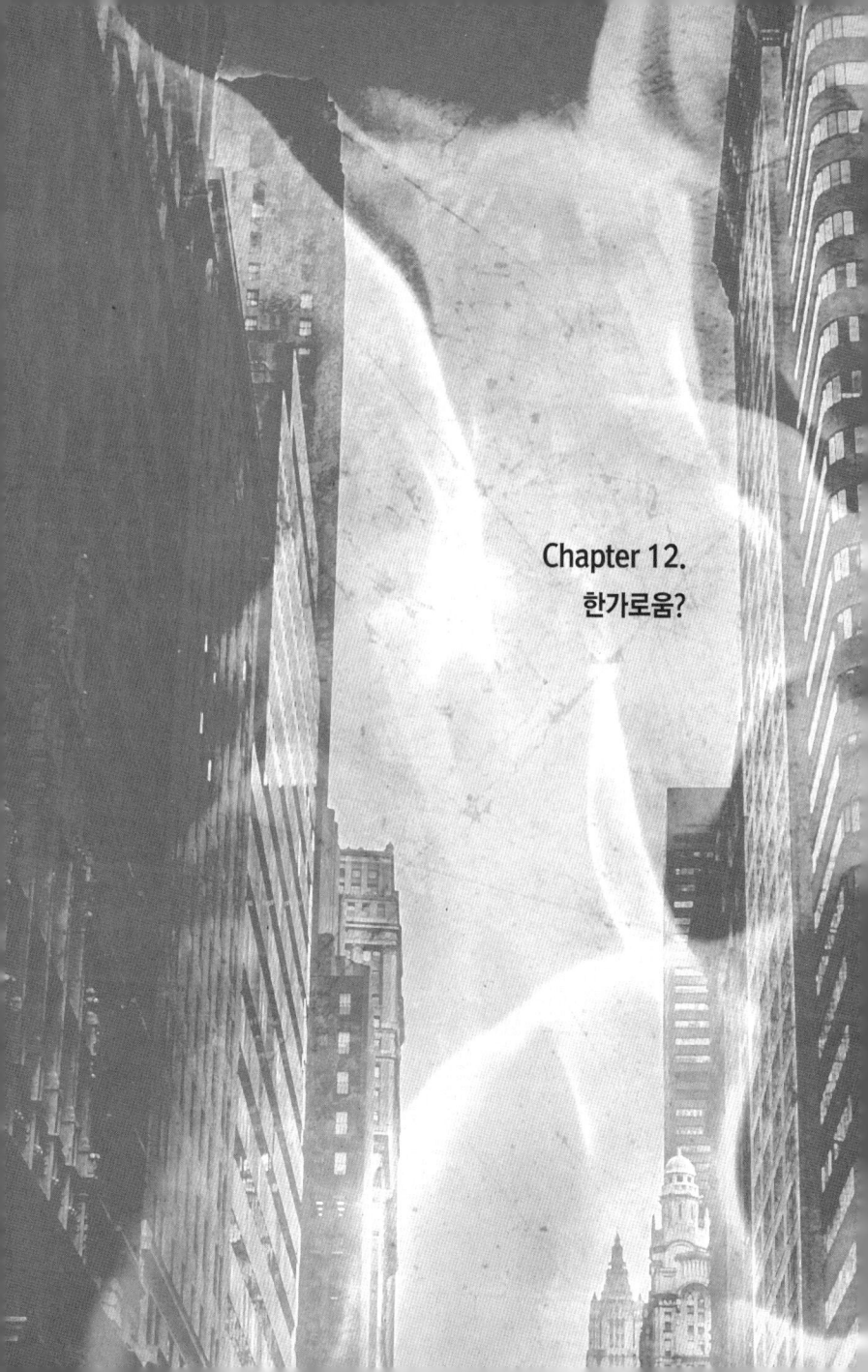

―출발하겠습니다.

간결한 문자 한 통.

그 하나의 문자에 작게 한숨을 내쉰다. 이송아였다.

항상 그 장소. 그녀가 머무르곤 하는 오후의 티타임 장소다.

겉으로는 한가로이 맞은편에 있는 장진후와 티타임을 즐기는 듯 보인다.

하지만 가까이 가 자세히 살펴보면 그녀나 장진후나 표정이 그리 좋지만은 않았다.

이송아는 걱정으로. 장진후는 운이철을 살린 이후 줄곧

한가로움? 309

초췌함으로 가득했다.

한철? 한철이야 사정이 있으니 오지 않은 게다.

그는 장인으로서 몰두하고 있는 중이니까.

그로서는 김기환이나 그 아이들에 대한 걱정을 일에 대한 집중으로 풀고 있을지도 몰랐다.

위로라도 받으려는 건지 힘없는 목소리로 이송아가 입을 열었다.

"……들어가 버렸다네? 바보들이야."

"예상했던 일이잖아? 전에는 잘도 보내놓고서는."

"그건 옛날 일이지. 우리가 젊었을 때. 지금은……."

"약해졌구나? 예전의 이송아는 이러지 않았는데 말야. 그치?"

"푸후, 그렇지."

둘 모두 같은 눈빛을 한다.

예전을 회상하는 듯한 눈빛.

젊어서 불타올랐을 때. 고생이 고생인 줄을 몰랐던 때. 몇 번이고 목숨을 걸고 싸울 때. 그리고 배신. 친구 몇의 죽음.

그런 것들이 잊을 만하다 싶으면 떠오르는 그들이다.

'……잊지는 못하겠지.'

하기는 그 경험들이 너무 격렬했다.

일반인은 평생에 겪어보지도 못할 일을 수십 번도 더 겪어본 이송아나 장진후다.

지금은 작업에 몰두하는 한철마저도 한때는 전사였다.

몬스터를 상대로 난투하는 전사.

다 옛이야기지만, 누군가에게는 실제로 일어나는 일이기도 했다.

당장 정우혁의 아버지만 하더라도, 얼마 전에 죽어버렸지 않은가. 그 일로.

'언젠가…… 아이들이 풀어줄 수도 있는 일이겠지.'

아직 김기환이나 아이들에게는 제대로 말해 주지 못하는 그런 사정들이다.

그렇기에 굳이 입 밖으로 꺼내지는 않았다. 아직은 때가 아니니까.

단지 이송아는 물어볼 뿐이었다.

물어보는 그녀의 표정은 회상할 때의 표정이 아니었다. 장진후의 초췌함에 대한 걱정이 한가득이었다.

"무리한 거 아냐? 너 완전히 지쳐 보인다구?"

"데려와 놓은 네가 할 소리는 아닌걸. 반쯤은 예상했잖아? 마지막 조각을 준 거지. 너도 마찬가지지 않아?"

"……너무 나눠줬지. 푸후, 안 그러면 죽어. 알지? 각성체는 위험하다구?"

"알지."

알 수 없는 소리.

그래도 각성체에 관한 이야기인 건 알 수 있었다.

장진후만이 할 수 있는 방식으로 힘을 줬다.

그렇기에 치료를 한 지 꽤 시간이 지났음에도 여전히 초췌한 거다.

힘들겠지.

티를 내려 하지 않지만, 이송아의 각성이 '관찰'에 관련된 능력이었던 걸 생각하면 숨기는 거 자체가 힘들었다.

"운이철. 그리고 그 얼빵한 그 녀석. 잘 맞을 거야."

"그렇게 보여?"

"그릇이니까. 이상하게 많아졌어, 그릇들이. 그래서 준 거다. 확률을 올리려고."

"그릇이 된다고 해도 각성 못 하는 애들 수두룩해."

괜한 선택을 한 것이라는 양, 힐난을 해보는 이송아였다.

하지만 장진후의 표정은 단호했다.

"헛소리 마. 목숨을 거는 걸 봤으니까 들어준 거다."

"칫. 정말 농담 못 할 성격은 여전하다니까."

"그럴지도."

서로 쓴웃음을 짓는다.

서로가 안 지 십수 년의 세월이 흘렀음에도 여전했으니

까.

먼저 일어나는 쪽은 장진후였다.

"슬슬 가봐야겠어. 아들이 올 때가 다가오고 있거든."

"알면서도 당하려는 거야?"

"어쩌겠어. 아들이 왕위를 계승하려고 한다잖아? 크큿."

"……그거 패륜이라고."

"업보니까 어쩔 수 없는 거다."

그가 아예 일으킨 몸을 돌리려 한다. 이송아가 쏘아붙이듯 말을 던졌다.

"난 너 위험해지면 갈 거야."

"쓸데없는 짓이야. 우리 모두 젊지 않다고? 겉으로만 젊어."

"핏. 다 늙은 주제에……."

"그러니까 물려주려는 거다. 간다. 너는 너대로 이쪽을 잘 지키라고."

그대로 물러나는 장진후. 그는 뒤도 돌아보지 않았.

지금까지 할애한 시간이 아까웠다는 듯 걸음을 재촉할 뿐이었다.

그런 그에게, 이송아는 작게 읊조릴 뿐이었다.

"……살아남아. 오래."

우뚝.

잠시 걸음을 멈춘 장진후.

이내 아무런 일도 없다는 듯 다시금 저택의 밖을 향해 걸어간다.

한가로운 오후의 일.

짧게만 머물렀던 장진후가 많은 것을 남겼다.

그리곤 그만의 일로 다시금 움직였다.

과연 이 일들이 김기환이나 다른 이들에게 아무런 영향이 없을까?

답은 아직 없었다. 많은 의문들을 남기고 움직였을 뿐이었다.

* * *

그리곤 의문을 풀어야 할 아이들.

아니, 이제는 목숨을 반쯤 내놓고 다니는 데 익숙해진 셋.

하지만 이 셋도 익숙하지 않은 몬스터에는 정색하고, 비명을 지를 수밖에 없었다.

"우와아악! 왜 하필 이런 곳이야."

"힘내세요. 거기 오른쪽 조심하셔야 합니다! 이서영 씨!"

"아웃…… 따가워!"

김기환은 신음을. 운이철은 운 좋게 공격을 안 받아서 뒤에서 감독을. 이서영은 한참 탱킹을 하고 있었다.

상대 몬스터는 셋.

불 속성이거나 그도 아니면 육체로 몰아붙여도 되는 몬스터라면 상대가 쉬웠을지도 몰랐다.

'그나마 육체는 이쪽도 몰아붙이면 되는데……'

몰아붙이려 해도 그게 안 됐다.

몬스터 자체가 속성이 물이었다.

마치 김기환을 굴리기 위해서 태어난 각성체의 던전인 것처럼 죄다 나오는 몬스터가 물이다.

지금만 하더라도 보라!

물개와 같은 몸을 하고서는 긴 이빨에, 등에는 등딱지를 박아 넣은 몬스터가 김기환을 잔뜩 노리고 있지 않은가!

마치 해구마의 원혼이 빙의라도 된 것처럼.

이서영이 탱킹하는 거보다 어그로 튀는 게 더 빨랐다.

불의 기운을 가진 김기환이 본능적으로 싫은 듯했다.

운이철도 모를 정도로 처음 보는 몬스터다.

이름을 굳이 붙여주자면 꼬부…… 아니 물개와 거북이 합쳐졌으니 물개거북이 아닐까?

불빨이 안 받으니 금방 밀려버린다.

"우와 씹! 오랜만에 욕 나오네! 저쪽으로 가라고!"

"웃…… 이쪽도 따갑다구요. 무슨 물이 따가워!"

부와아아악—

펌프를 끌어 올려 물 붓듯이 물로 브레스를 날리는 건 예사.

—캬오옷!

순간적으로 큰 육체를 가지고 돌진!

양옆으로 난 긴 이빨로 위에서 아래로 찍어 누르려고 하는 건 순간이었다.

"와나. 소방수도 아니고. 씁……."

김기환이 불을 뿜어내기만 하면, 그걸 끄자고 달려든다.

제대로 된 전투가 될 리가 없었다.

당장 몬스터의 특징을 알면 그걸 가지고 공략이라도 하겠는데, 걸리는 바가 없다.

'흠…… 패턴이…….'

다만 운이철로서는 저 멀리 떨어져서 그들을 살피듯 살피고 있을 뿐이었다.

운 좋게도 뒤로는 몬스터가 나올 기색도 없었던 데다가, 그로서는 당장 할 수 있는 일이 그것뿐이었다.

"우왁!"

"웃……."

이서영과 김기환이 한참을 굴렀을까.

'어쩔 수 없는데. 흠……'

분석을 끝냈다.

앞부분은 날카로운 두 개의 이빨과 펌핑하는 브레스로 힘들다.

등은 거북껍질에, 앞뒤로 난 발들은 특유의 미끈거림으로 데미지도 넣기 힘든 상태다.

게다가 가끔 저 미끈거림을 이용해서 순간 돌진까지 해버린다.

꼬리도 문제.

당장 퍼덕퍼덕 대는 꼬리로 꼬리 치기라도 하면 그건 그거대로 문제였다.

방어도 공격도 꽤 강력한 몬스터다.

허나 가장 쉬워 보이는 건 역시.

'그래도 뒤. 그게 약점이다.'

뒤다.

눈을 빛내며 바라보던 운이철이 외치듯 소리쳤다.

외치는 기색 한편으로 왜인지 죄책감도 묻어 있었다.

"뒤입니다! 뒤!"

"뭐요!? 으차."

무언가를 직감했을까.

열심히 몸을 날리는 와중에서도 운이철의 말은 잘도 듣

는 김기환이었다.

"이서영 씨가 방패로 돌진해서 놈의 시선을 앞쪽으로 돌리세요. 그 사이에 김기환 씨가 뒤를 치는 겁니다! 이서영 씨는 방패에 가시 세우세요!"

"아니 그게 말이 쉽! 으아아. 알겠수다!"

"웃…… 해볼게요!"

이서영이 방패를 곧추세운다.

공격을 흘리기 위해서 직각으로 세우는 법이 없었는데 이번에는 아예 정면으로 방패를 가져다댔다.

스아아악—

그리곤 잘게 잘게 나 있던 가시들을 힘을 써 순식간에 늘리기 시작한다.

힘의 소모도가 큰 듯, 온몸에 이능력이 불타오르듯 은은히 흐른다.

"얼마 못 버텨요!"

그 가시 하나하나가 꽤 컸다.

그대로 돌진!

—키야아악!

물개거북도 지지 않고 돌진해 왔다.

브레스를 막아내며 이서영이 어렵사리 전진을 하기 시작한다.

―캬악!

이서영의 전진을 막아야겠다는 듯 다른 물개거북도 합세!

그대로 달려든다.

김기환이 불을 뿜어내지 않으니 어그로가 이서영으로 간 거다.

그 사이 김기환은 힘을 일으켰다.

'아직이다.'

크게 일으키지는 않았다.

그대로 불을 내뿜었다가는 애써 이서영이 만든 지금 순간이 깨질 수가 있었다.

어그로가 튈 테니까.

불을 지독하게 싫어하는 몬스터들이다.

그러니 겉으로 최대한 힘을 드러내지 않은 채로, 안에서 기운을 잔뜩 일으킨다.

'오라. 오라. 오라!'

단전에서 양팔로! 계속해서 끌어 올리듯이!

그렇게 힘을 끌어 올린다. 그리곤 순간을 노린다.

'한 번에 돼야 해!'

모든 걸 끝낼 듯이!

'지금!'

한가로움? 319

스아아악! 스악—

순식간에 불 단검이 수십 개 정도 형성돼 버린다.

—키약!?

그 장면을 눈치챈 물개거북이 뒤를 노려본다. 당했다는 표정이었다. 김기환이 만들어 낸 불 단검을 보고 놀란다.

"방심하면 뒤지는 거라고!"

파악—

그가 땅을 박찬다. 바닥에 묻는 물개거북의 기름의 촉감이 안 좋지만 그조차 무시한다.

그 상태 그대로 전진한다. 날아가는 단검과 함께!

단검들이 살아 있기라도 하는 듯 물개거북들의 뒤를 노린다.

앞으로는 이서영. 뒤로는 김기환의 단검. 그리고 김기환!

이 세 가지의 조합에 잠시 당황하고 마는 물개거북!

그래도 불을 꺼야 한다는 본능이 먼저였는지, 불 단검부터 막으려 몸을 돌리려 한다.

"안 돼!"

콰즉—

이서영이 힘을 줘서 몸을 돌리지 못하게 막는다. 잠시 벌어준 시간.

—키약!

물개거북은 안 되겠다는 듯 꼬리로라도 단검을 치려 꼬리를 크게 휘두른다.

후우웅—

꼬리가 휘둘러지며 바람을 가르는 소리가 크게 들린다.

'노렸다!'

불 단검을 끄겠다고 꼬리를 아래에서 위로 크게 치는 순간!

거북 껍질 안에 가려져 있던 물개거북의 뒷부분이 드러나는 그 순간을 노렸다!

푸우우욱—

전엔 우연이었다면 이번엔 치밀한 설계다!

오랜만에 찔렀다. ……죄책감 없이.

—키야아아아악!

물개거북 하나의 장렬한 울음이 안을 가득 채운다.

*　　*　　*

쿠웅—

물개거북이 거체를 자랑하며 그대로 쓰러진다.

'먹혔어.'

전에는 우연이었다면 이번엔 치밀한 설계로 찔렀다.

한가로움? 321

양심이 찔릴 법도 하지만, 괴롭힘을 많이 받아설까. 그런 것도 없었다.

다만.

"마무리 제대로 들어갑니다! 이서영 씨, 준비하세요!"

"예!"

하나를 무너트리곤 다음을 노리기 위해서 바로 움직일 뿐이었다.

지금껏 당한 울분을 풀듯이, 쉼 없이 움직였다. 그리곤.

—키야아아악!

쿠웅— 쿵—

나머지 물개거북을 전부 쓰러트리고서는 그제서야.

"으하하핫!"

만족스러운 웃음을 흘리는 김기환이었다.

'공략법도 알았으니 됐어.'

그때까지는 진정으로 그리 생각했다.

어지간한 몬스터도 운이철이 공략을 해 줄 거고, 그렇다면야 어떻게든 해내지 않을까 하는 생각도 들 정도였다.

게다가 양심을 조금만 버리면, 아니 조금만 치졸해지면 꽤 강력한 항문 공격도 있지 않은가.

역시 불 속성인 그로서는 물 속성의 몬스터는 안에 검부터 박아 넣고.

'불태우는 게 최고지. 암!'

안을 불태우는 게 최고라 생각하며 자기 합리화까지 했을 정도다.

전에는 찌르면서 순수하게 미안하다 외치던 김기환이 어쩐지 조금은 타락한 느낌이었다.

"흐흐, 바로 가죠?"

공격대원도 없이, 김기환에게 가장 편하다 할 수 있는 운이철과 이서영만 있는 던전 안이 아닌가.

근래에는 무게를 잔뜩 잡았던 김기환.

하지만 이 순간만은 본래의 모습으로 돌아온 악동이라도 되는 듯 가볍게 가볍게 행동했다.

그 모습을 보고 어쩔 수 없다는 듯 어깨를 으쓱하는 운이철.

쯔왑— 쯔왑—

그 사이 모든 몬스터를 공간 장치에 넣은 이서영도, 시원하다는 표정을 짓는다.

"어렵네요, 여기."

"그래도 역시 필살기가 있으니까요!"

"후후. 뭐예요, 그게."

양심을 조금 저버리고(?), 한결 가벼운 걸음으로 걸어가기 시작하는 일행.

한가로움? 323

조금은 여유로워 보였다.

* * *

하지만 그 여유로움은 그리 오래가지 못했다!

이렇게 쉽게 던전을 통과할 수 있을 리가 없지 않은가.

어설프게 나오던 몬스터는 정말 간간이 나왔다.

하나하나가 상대하기 힘든 놈들이었지만, 운이철의 공략법에 더불어서 못 상대할 건 없었다.

"지금입니다!"

"아니, 뒤요!"

타이밍도 좋게 실시간으로 분석을 해 주니, 되려 사냥에 대한 피로감은 덜 누적됐다.

그의 분석에 경험이 더해지니 같은 몬스터는 상대하면 할수록 더욱 쉬워지는 게 느껴질 정도였다.

하지만 문제는 던전 구조.

여기는 여태까지 상대했던 구슬형의 던전이나, 벽이 뒤바뀌는 던전과는 또 달랐다.

"우와…… 여긴 날 괴롭히려고 만든 게 분명해."

"……지끈거리네요."

우습게도 완전한 미로에 가까웠달까.

허웅과 갔던 던전은 상대도 되지 않았다.

간간이 등장하는 몬스터보다는 복잡하게 만들어진 길이, 사람을 돌아버리게 하는 데 뭔가 있었다.

가다 보면 막히고. 막힌 곳에서는 몬스터가 기다리고.

―키야아악!

"와나! 바로 칩시다!"

다시 되돌아가서 길을 가다가 또 막히면 몬스터가 나오고.

항상 몬스터가 쏟아지는 게 아니고 마치, 길을 잃은 것에 대한 대가는 몬스터다라고 외치는 느낌이었다.

'어렵군.'

운이철도 그런 미로가 쉽지만은 않았는지, 인상을 잔뜩 찌푸린 채였다.

전자기기의 도움이라도 있다면 또 모르지만 던전 안은 전자기기들도 먹통 아닌가.

운이철의 머리에 의존을 할 수밖에 없었다.

"흠…… 얼마나 걸리려나요?"

"규모가 가늠이 안 됩니다. 처음 가셨다는 던전처럼 모양이라도 바뀌면 아예 길을 잃을 겁니다."

"그거 섬뜩하네요."

처음에는 여러 가지로 분석도 하곤 했지만, 딱 거기까지.

이 안에서만 벌써 삼 일 정도의 시간이 흘렀다.

이상하게 던전 안에서도 빛이란 게 있다지만, 이 정도 갇혀 있으면 사람이 받는 스트레스는 보통이 아니었다.

"……."

다들 침묵을 지켰다.

몬스터는 우리. 미로를 뚫는 건 운이철의 머리만을 믿고 갈 수밖에 없었다.

*   *   *

가지가지 한다 진짜.

끝없이 이어질 거 같았던 미로. 전투보다는 복잡함으로 우리를 상대하던 던전이었다.

운이철이 없었더라면 갇혀서 죽지 않았을까 싶을 정도.

어찌어찌 길을 뚫고 나왔다.

그러다 보니 눈앞에 무슨 거대한 성의 성문만 한 문이 우리를 기다리고 있었다.

척 봐도 통짜 철로 만들어진 거 같아서 어찌 열지부터 고민이 되기는 한다.

그래도 다가가면 열리겠지. 지금까지 그런 식이었으니까.

"어서 가지요!"

"드디어 보스만 남은 거군요."

그래서 신이 났다.

머리를 쓰기보다는 몸을 쓰는 타입인 나고. 그렇다 보니, 어서 저 거대한 문을 열고 안에 있는 놈을 처리해서 나가고 싶을 뿐이었다.

결국 머리보다 몸을 쓰고 싶은 거다.

그래서 급히 발을 내딛는 순간.

"와…… 미친?"

발 아래로 무언가 느껴졌다.

보이지 않는 무언가가 달려 나오는 느낌? 확실치는 않았다.

'착각이 아니었네.'

그르르르릉—

땅이 울리기 시작했다. 내가 밟았던 곳에서 무언가 불쑥하고 튀어 나온다.

갑자기 튀어나오는 무언가! 칼날이었다!

"와씨. 발 잘릴 뻔했다!"

"……함정 종합 선물 세트인가 보네요."

갑작스러운 함정이라니.

성문의 분위기에 맞춰 장식처럼 체스판으로 타일이 박혀

있다 생각했는데, 그게 아니었나 보다.

그렇게 쉬울 리가 없었던 거다.

저 타일 하나하나가 함정이라고 생각하면.

'와씨…… 아찔하네.'

진짜 답도 없어진다.

그대로 전진해서 간다고 문이 열릴 리도 없고.

어쩐지 쉽게 가는 거 같더라니, 아주 제대로 나를 굴릴 참인 듯했다.

'이런 건 약한데.'

내가 놀란 거에 만족했는지, 밟았던 타일에서 튀어나왔던 칼날이 다시 안으로 깊숙이 들어간다.

웃기지도 않는 함정이다.

역시 이럴 때는 운이철을 바라볼 수밖에 없었다.

"어쩌죠? 이거 다 뚫을 수도 없잖습니까."

"흠…… 두 가지 방법이 있기는 합니다."

"두 가지나요?"

"예. 하나는 패턴 파악. 근데 이건 오래 걸릴지도 모르죠."

"그럼 다른 하나는요?"

"기환 씨가 힘 좀 써야죠?"

이 양반. 이런 표정 지을 때면 항상 나한테 좋은 적이 없었는데. 생긋 웃고 있다.

이 능력도 없는 양반한테 약간은 두려움을 안고서 물었다.

"……뭔데요?"

"기환 씨 표현대로라면 함정이 준비되었는데 기어들어 갈 필요 있겠습니까. 다 터트려 보세요."

"예?"

아니 이 양반이?

머리를 쓰라고 불러놨더니!

뭔가 나한테 많이 전염된 느낌이다?

내가 멍 때리고 있으려니 아예 확답을 해 준다.

"다 때려 부수세요. 깔끔하게요. 그게 기환 씨 방법 아닙니까. 조금 힘들긴 하겠지만요."

"크흐……."

결국 나를 무지막지하게 굴리겠단 소리다.

힘써서 다 부수라는 거겠지.

어째 나를 괴롭히고 싶어 안달이 난 건지, 운이철이 패턴을 파악할 생각은 전. 혀. 없어 보였다.

내가 힘을 써서 길을 여는 것이 가장 좋다 여기는 태도다.

이서영만 봐도.

"화이팅이에요!"

"이서영 씨가 몸으로 때우실 생각은…… 그래도 탱커 잖습……."

"어서 다 부숴요! 일 생기면 저는 우선으로 막아야 한다구요?"

"쳇……."

같이 부술 생각은 없어 보였다.

저 양반 나랑 대련할 때는 강한데, 이럴 때는 빠지다니! 크흐. 아픔도 고통도 함께해야 하는 거 아닌가!

'내 편은 하나도 없군.'

이능력을 쓸 수 없는 운이철이나, 비상시 대비한다는 이서영을 어쩌겠는가. 틀린 말도 아닌데!

그래도 마음에 들지 않는다는 건 한껏 표현하려 입을 삐쭉이고서는.

화아아악—

불을 지피기 시작했다.

저들의 말이라면 다 듣고 보는 서글픔이 가슴으로 한껏 느껴지는데, 불타오르는 불은 내 마음과 다르게 활활 불타오르기만 한다.

열혈이랄까!

'시작은 불 단검부터 해야 하나.'

스으으—

시작은 단검부터. 불 단검을 형성해서 그대로 아까 밟았던 타일에 퍽하고 박아 본다.

일 초. 이 초. 삼 초.

"에? 잠잠한데요?"

"단검보다는 더 커야겠습니다."

"아 젠장……."

힘의 소모도가 작은 단검부터 했던 게 마음에 안 든 건가. 아니면 이 던전도 나를 한껏 굴리고 싶은 건가!

며칠 헤매면서 고생했으면 되지, 어째서 또 이런 식인지!

'젠장. 계획대로만 돼 봐라.'

이서영이고 운이철이고 아주 제대로 굴려줄 거다. 계획대로라면 어차피 다 굴러야 했다!

그때를 꿈꾸면서.

화아아악—

다시금 불을 지피기 시작했다. 단검으로 안 되면 그보다 큰 불의 구. 그걸 만들어서는.

콰앙—

그대로 내리박았다. 아까와 같은 타일이다.

샤아악!

얇지만 날카로워 보이는 칼날이 푹하고 튀어나왔다가 아쉽다는 듯 사라진다.

"오. 됐다!"

아까와 같았다.

불 단검으로는 티끌도 안 되지만, 그보다 큰 불의 구로는 되는 거였다!

'힘 소모가 크긴 한데……'

그래도 제법 안전해 보이는 방법이지 않은가.

내가 만족스러워하니 운이철이 선언하듯 말한다.

"이제부터 노가다인 겁니다. 자! 바로 바로 갑니다!"

"젠장! 해 보죠!"

* * *

푸욱— 픽.

"엇. 저건 왜 또 천장에서 튀어나와!"

함정이 나오지 않는 타일을 찾고. 함정이 나오는 타일은 운이철이 기억한다.

아래에서 칼날이 튀어나오는 건 예사. 어떤 때는 화살이 날아오고 또 어떤 때는 천장에서부터 뭔가 떨어져 내려왔다 사라진다.

보통은 저런 건 피해 버리거나, 막으면 됐다. 보통의 칼날이거나 하면 분명 그랬을 거다.

하지만 여기까지 우리를 빙빙 돌게 한 함정이 그렇게 쉬울 리가 없지 않나.

'맞으면 분명 골로 갈 거다.'

감이 말해 주고 있었다. 제대로 하라고. 맞으면 훅 간다고.

여기 던전을 만든 놈의 성격상 치명적인 독이라도 발라놨을 게 뻔했다.

'조심. 조심.'

그래서 타일 하나하나를 심력을 다해서 뚫고, 막고, 피하고 했다.

그러기를 한참.

"후우…… 지치네요."

"조금 남았습니다. 이제."

혹시나 몰라 마지막에 이르러 힘을 한번 보충하고서.

성문의 바로 앞에 있는 타일을 퍽하고 눌렀다. 그 순간.

그르르르릉—

거대한 문이 굉음을 내기 시작하며 열렸다. 그리고 그 안에는.

"와씨?"

괴물이 있었다.

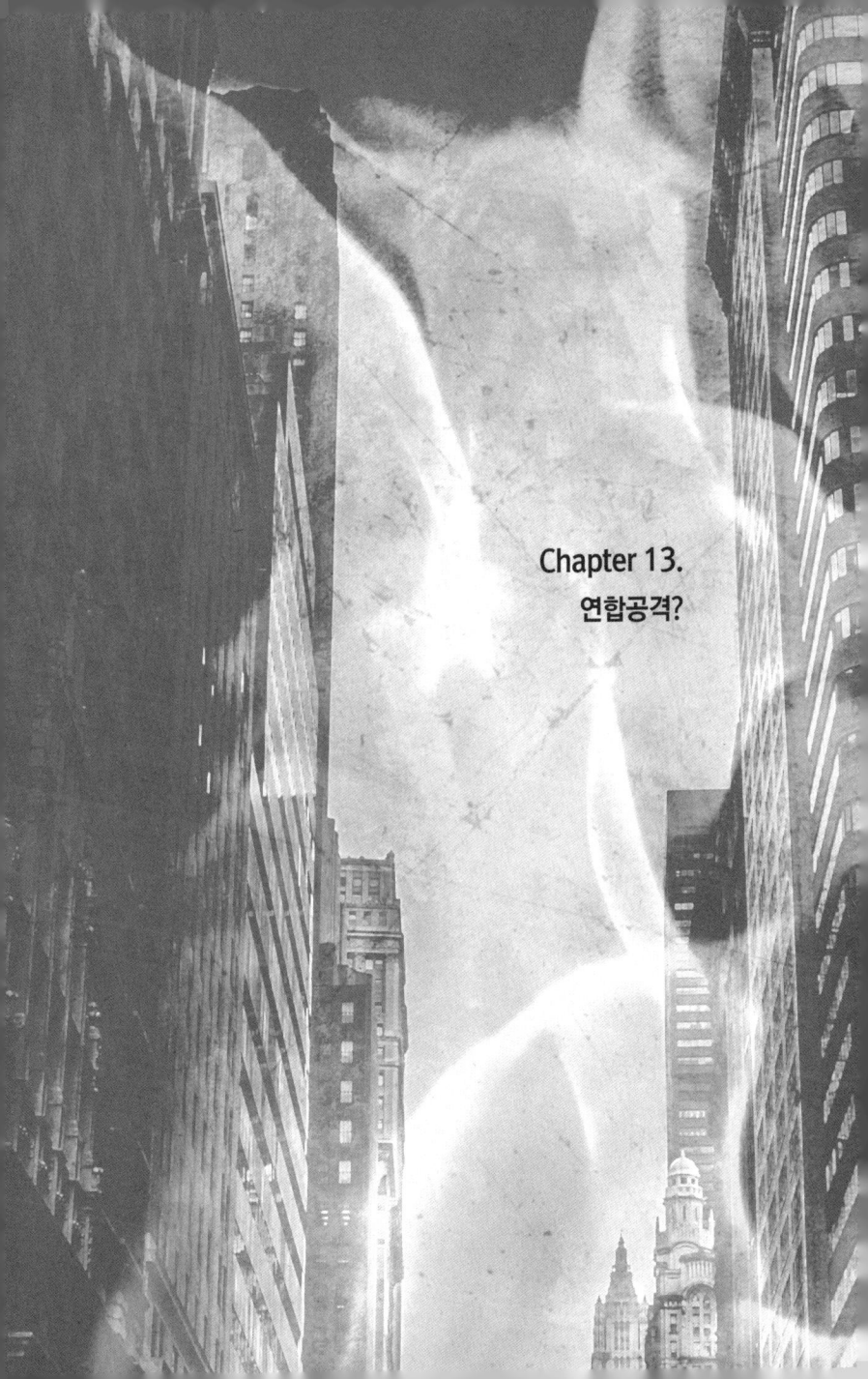

Chapter 13.
연합공격?

―크르르르.

야수처럼 눈에서 붉은 빛을 뿌리고 있다.

두꺼워 보이는 거북껍질은 어지간한 공격으로는 흠집도 나지 않을 듯했다. 거기에 큼지막한 가시가 군데군데 박혀서 가시에만 찍혀도 죽을지도 몰랐다.

삐쭉삐쭉 난 치열을 보면 이쪽도 등의 가시 못지않게 위력이 있어 보였다.

문제는 팔다리. 길다. 사람형에 가깝다.

"사람형 거북이?"

"……우선 터틀맨이라 하죠. 저것도 처음 보는 겁니다."

옆의 몬스터는 더 가관이었다.

눈이 아니라 머리에서 붉은 빛을 흩뿌리고 있는데, 그게 핏빛같이 붉었다.

크기 또한 꽤 커서 이 미터 오십은 넘어 보였다.

온몸이 강철로 된 칼날로 둘러싸인 몬스터다.

깃털은 하나, 하나가 강철같이 단단해 보인다.

'깃털 자체가 무기겠군.'

터틀맨과 두루미. 아니 거북이와 두루미인가.

어느 쪽이든 하나가 아니고 둘이라니!

"……저건 두루미 닮았군요. 두루맨이라 할까요?"

"작명할 때가 아니잖아요!"

운이철, 이 위기감 없는 양반 같으니라고. 목숨 한 번 잃을 뻔하더니 간덩이만 부었다!

그의 말에 모욕감을 느꼈나. 그게 신호였다.

─끼야아악!

─크르르!

아래로는 터틀맨이, 위로는 두루미가 달려든다. 아니, 두루맨이라 해야 하나!

'아씨, 몰라.'

이름이 대수랴.

그런 건 운이철처럼 몬스터를 연구하는 자들이나 지으라

지.

나는 당장 달려드는 저것들부터 부숴야 했다.

거북이와 두루미라니. 장수의 상징 아닌가. 적어도 저놈들은 장수하지 못하게 깨부숴 줘야 했다.

지시를 내렸다.

"이서영 씨, 아래!"

"예! 바로 갈게요!"

이 대 이의 상황. 당장 이럴 때 버티는 쪽은 버티게 두는 게 낫다 판단했다.

콰앙—!

방패를 형성한 이서영이 터틀맨의 거대한 거체와 부딪친다.

함정을 피하던 때에 힘을 비축한 게 유효했는지, 두 배는 됨 직한 덩치를 잘도 막는다.

그게 놈의 성질을 돋웠을까.

—크라라라락!

괴성을 내지르더니.

'물검?'

나처럼 검을 만들어서 양손에 쥐지 않는가. 물로 만들어진 검이었다.

작아 보이긴 했다. 터틀맨이 워낙 몸집이 컸으니까.

터틀맨이 쥐기에는 얇고 짧았지만 이서영을 위협하는 데는 충분한 크기였다.

―크롸!

"큿……."

덩치에 비해서 미친 듯한 빠르기.

위태위태해 보이는 이서영이었다. 하지만 이쪽도 위기인 건 같았다.

*   *   *

―끼웨에에!

잔뜩 쇳소리를 내고는 점프!

'날지 않아?'

날갯짓을 하지 않는 대신 두루미는 날개를 두 번 훙―훙 휘두르더니 날개에 달린 깃털을 날려 보냈다.

"우와아아악!"

미친!

타닷. 탓. 타닷.

미친 듯 뛰었다. 그 뒤로 강철 같은 깃털들이 와서 박힌다. 역시 예상대로 단단한 깃털이다. 보통 깃털이 아니다.

거기다 놈은 활공 시간이 길었다.

'점프가 뭐 저리 길어?'

꽤 오래 있으면서, 깃털을 날려 댔다.

그러면서 내려온다 싶으면 다시 점프를 하거나 뒤로 몸을 뺀다.

위력적이다.

온몸에 불을 피워 올리고 있지만, 잘못 맞으면 깃털에 내 불길이 뚫릴 것으로 보였다.

무한 깃털인지, 계속해서 날려대는데도 깃털은 줄지를 않는다.

나는 죽을 맛이라 생각하면서도 하염없이 몸을 움직였다. 동시에 목표지를 설정했다.

'더 가까이.'

이쪽도 원거리 공격을 할 수 있는 방법이 있지만, 저 깃털은 철과 비슷하지 않나.

잘 타지도 않을 거다.

원거리 대 원거리를 하면 내가 손해 볼 느낌!

그래서 계속해서 거리를 줄이기로 한 거다. 저쪽의 원거리 공격이 막히게 되면 그나마 상황이 나아질 거 같으니까!

그러니 계속 나아갔다.

"으와아아악!"

푸악—

기합을 잔뜩 넣으며, 발을 불태운다.

사사삭—

날아오는 깃털을 정면으로 주시하며, 눈 하나 깜빡이지 않는다. 그저 달릴 뿐.

'오른쪽? 왼쪽?'

좌우로 미친 듯이 피한다. 그러다가 점프.

다시 공중에서 바로 앞을 향해서 날아오는 깃털.

보통은 피할 수 없는 상황이었다. 하지만.

'이쪽도 바보는 아니라고!'

파앙—

점프한 상태에서 내 어깨의 불을 터트린다.

반발력이 생긴다. 보통보다 더 빠르게 아래로 퍽하고 내 몸이 꺼진다.

머리 위로 놈이 날린 강철 깃털이 스쳐 지나가는 게 느껴진다.

'아찔하군.'

조금만 더 느렸어도 내장이 꿰뚫려서 등 뒤로 나오지 않았을까. 죽창 맞은 거랑 같은 거지.

'그래도 줄었어.'

목숨 걸고 달리는 덕분에 거리가 많이 줄었다. 계속 달린다.

더! 더! 더!

*　　　*　　　*

금세 줄어든 거리!

그때부터 이 페이즈의 시작이었다.

"윽……."

놈도 만만치는 않았다. 깃털만 어찌 날리지 못하게 하면 될 거 같았는데 아니었다.

막상 가까이 와서 보니 날개를 휘둘러 대는 것만으로도 꽤 위력적이었다.

하나하나가 날카로운 칼날과 같은 것이 계속해서 내 몸 쪽으로 휘둘러진다고 생각해 봐라!

아찔하다 못해서, 잘못하면 몸이 갈려 갈기갈기 찢길 수가 있었다.

"……하악. 하."

그걸 피했다.

놈은 미친 듯이 휘두르고, 나는 피하고의 무한 반복.

거리를 줄이고 근거리가 된 지 꽤 됐는데도, 계속 그 상태였다.

호흡이 가빠진다.

들숨날숨을 제대로 쉬어가며 숨을 고를 틈도 없이 끊임없이 움직이니, 금방 숨이 턱하니 막혀온다.

체력의 문제가 아니라, 호흡의 문제였다.

—끼이……

됐다.

대신 놈도 지쳤다. 놈도 숨을 고르는 듯했다. 몬스터도 숨은 쉬나 보다!

'지금! 기회!'

더 생각할 것도 없이 달려 나가려는 그 찰나.

"안됩니다!"

들려오는 운이철의 목소리.

우뚝!

그대로 멈춰 섰다. 반사적으로. 운이철이 헛된 판단을 하지는 않을 거라는 믿음이 깔린 행동이었다.

타아아앙—!

—끼야아아악!

내가 있을 그 자리. 호흡이 가빴던, 아니 가빴던 척을 하던 두루미의 일격이 들어가 있었다.

순식간에 양 날개를 위로 곧추세웠다가 아래로 내리그어서 땅에 날개가 박힌 게 보였다.

'미친…… 머리를 다 써?'

몬스터인 주제에 페이크를 건 거다.

지친 척해서 날 유인. 그대로 힘을 써서 온몸 전체를 칼날 날개로 꿰뚫어 버리려고 한 거다.

몬스터 주제에 페이크라니. 진짜 미친 몬스터다.

어째 근거리도 원거리도 보통을 넘는 수준의 몬스터다. 그러니 보스겠지?

그래도 잠시 멈춘 덕에 호흡은 돌아왔다. 그래도 상황은 달라진 게 없다.

다시 공방이 왔다 갔다 할 뿐이다.

후웅— 훙—

놈은 계속해서 날갯짓을 해 댔고, 애써 불 검으로 날개를 그어 봤자.

치익—

조금만 타는 느낌이 들뿐, 확하고 불타오르지는 않았다.

오행의 원리를 보면 불(火)에 쇠(金)가 성한다고 하더니 딱 지금이 그 꼴이었다.

어째 물을 상대하는 거보다 쇠가 더 힘들었다.

타격을 준다고 불을 뿜어내면 닿은 부분이 조금 그을릴 뿐, 되려 강화가 되는 느낌이 든다면 오버일까.

그래도 미친 듯이 날개를 피하면서 끊임없이 생각했다.

'이대로 있을 순 없으니까.'

정말 계속해서 생각 또 생각을 했다.

허나 저 미친 깃털을 뚫고, 깃털 아래 본체에 타격을 주는 방법이 생각이 나지 않았다.

상성이 너무 안 좋았다.

'조금만 시간이 있으면 다를 수 있겠는데.'

누가 나 대신 막아주는 사이 불빨이라도 모으면 또 쉽게 잡을 수 있을 것도 같은데, 문제는 그럴 사람이 없지 않나.

이런 몬스터에게는 강한 한 방이 필요한데 그럴 시간도 없다.

저쪽이 너무 빠르다.

후웅— 후—

계속되는 퍼덕임이 점점 위협적으로 느껴질 정도다.

'상대를 잘못 택했나.'

이서영이 저 뒤서 상대하고 있는 터틀맨을 상대해야 하지 않나 싶을 정도다.

차라리 이서영이 이놈을 맡았으면 깃털 정도 무시하고 누적 타격을 조금씩 먹여가며 버틸 수 있지 않았을까?

그런 생각이 들 정도다.

그래도 흘긋 보면 이서영은 터틀맨을 상대로 잘해 주고 있었다.

탱커이자 힐러면서도, 데미지를 안 주는 건 아닌 듯 터틀맨의 머리에 계속해서 방패 가시를 박아 넣고 있었다.

그게 꽤 치명적이었는지, 가끔이지만 터틀맨이 비틀거리는 게 보이기도 할 정도다.

터틀맨은 치명적인 일격만 잘 먹이면 될 거 같았다.

문제는 결국 나다.

'오랜만에 절망적이군.'

수단이 생각나지 않는 지금. 오랜만에 상대를 잘못 만났구나 싶은 기분이 들 그때에!

운이철의 목소리가 들려왔다!

* * *

"머리! 머립니다! 두루미는 본래 머리에 깃털이 없어요!"
"허억…… 헉……."

저게 무슨 소리래.

미친 듯이 움직여서 그런가. 헛소리를 들은 것 같다.

내가 못 알아듣는 듯하자 바로 목소리가 이어졌다.

"깃털이 갑옷이면 머리는 비었단 말입니다! 대머리란 말입니다아!"

"아앗!"

그제서야 나보다 일 미터 가까이는 커서 신경을 거의 쓰지 못하던 두루미의 머리에 눈이 갔다.

저 시뻘건 머리가 깃털인 줄 알았는데!

대머리의 상징이었다니! 이 미친!

그걸 누가 알고 살아!? 두루미는 태어날 때부터 대머리였단 말인가!

던전의 안에서 내리쬐는 빛에 밝게 빛나는 두루미의 머리가, 마치 어두운 절망 아래에서 비치는 한 줄기의 빛줄기로 느껴졌다.

'저기다!'

약점이 전무하다고 여겼는데, 약점이 있지 않은가!

그것도 벌거벗은 약점이다. 아주 치명적인!

그럼 결론은 나와 있지 않은가. 없던 희망이 생기니, 없던 힘도 생기는 느낌이다.

머리로 그린다.

파앙—

다리에 힘을 줘 뛴다. 두루미와 내가 같은 높이가 된다.

'그대로 등! 이단!'

파앙—! 팡!

등에 화염을 터트린다. 반발력으로 달려간다. 연속으로 터트려 속도를 더한다. 검을 곧추세운다.

이마가 보인다.

이 위기의 순간에서도 허웅이 오버랩되는 그런 머리였다! 불쌍한 핏빛이여!

'……죽어라!'

후아아앙!

뒤를 생각하지 않은 불을 내뿜었다. 이 공격이 제대로 안 먹히면 타격은 극심할 거다.

놈의 두 날개가 나를 꿰뚫어 막으려는 듯 달려드는 게 보였다.

되려 힘을 더 줬다. 불길을 더 뿜었다. 그리고 그 상태 그대로 검을 내리그었다!

퍼어어억!

작렬!

—끼야야악!

치이이이이이이익—

핏빛으로 달궈졌던 머리가 타기 시작한다. 얇은 피부가 터진다. 그대로.

'꿰뚫었다.'

쿠우웅.

덩치를 자랑하던 두루미. 강철의 깃털을 가진 미친 보스가 그대로 기우뚱 쓰러져 버린다.

강한 힘을 자랑하던 두 날개도 끝끝내 내게 닿지 못한 채였다.

"하악…… 하…….."

대머……아니 두루미 하나를 물리쳤다!

이제 다음은.

―크르르!

저거다!

하지만 이쪽도 문제는 있었다.

〈다음 권에 계속〉

DREAMBOOKS

DREAMBOOKS

DREAMBOOKS

DREAMBOOKS